如花在野

李汀 ⊙ 著

百花洲文艺出版社
BAIHUAZHOU LITERATURE AND ART PRESS

图书在版编目（CIP）数据

如花在野 / 李汀著 . -- 南昌：百花洲文艺出版社，
2024.3

ISBN 978-7-5500-5424-0

Ⅰ.①如… Ⅱ.①李… Ⅲ.①散文集—中国—当代
Ⅳ.① I267

中国国家版本馆 CIP 数据核字（2024）第 011837 号

如花在野　　李汀　著
RU HUA ZAI YE

出 版 人　陈　波
责任编辑　杨　旭
装帧设计　文人雅士
出 版 者　百花洲文艺出版社
地　　址　南昌市红谷滩区世贸路 898 号博能中心一期 A 座 20 楼
电　　话　0791-86895108（发行热线）0791-86894717（编辑热线）
邮　　编　330038
经　　销　全国新华书店
印　　刷　廊坊市海涛印刷有限公司
开　　本　710 毫米 ×1000 毫米　1/16
印　　张　12.5
版　　次　2024 年 3 月第 1 版第 1 次印刷
字　　数　132 千字
书　　号　978-7-5500-5424-0
定　　价　58.00 元

赣版权登字　05-2024-4

网址：http://www.bhzwy.com
图书若有印装错误，影响阅读，可向承印厂联系调换

目　录

第二辑　如花在野

第三辑　如虫俯地

第一辑　如草自然

草的样子

有谁会像草一样回到草的中间，低着头，一言不发，裹着春风，只等着日出日落。

我的父亲因为腿伤，硬要回到乡下老家去。一天下午，他站在阳光里喃喃地说："城里到处是车，我的腿脚越来越不便利，还是回乡下去吧，乡下宽敞。"此念一起，没有人能劝得住父亲。那天，我送父亲回乡下，整整两个小时的车程，父亲一直盯着车窗外，一言不发，阳光照在他干枯的脸上，寂静，缥缈。等到父亲的两只脚一踏上村庄的土路，他立马活泛起来，他用脚刨弄着土路两边的枯草，"这是白茅草，这是车前草，这是灯芯草，这是狗尾巴草……"父亲默默地说出各种草的名字，脸上流露出无比幸福的笑容。随后，父亲一屁股坐在土路边的草丛里，说："快坐下来歇歇。"

"这些草呀，救过我们家人的命。白茅草蒸的馍馍，你是没有吃过。六十年代的农村，你婆婆白天去挣工分，晚上就出去挖白茅草草根。把白茅草草根晒干，再用石磨磨成粉，掺和一点玉米面蒸成馍馍。那馍馍的颜色和味道都跟土差不多，吃到嘴里蹭牙，咽到肚里胀气。"父亲顺手扯了一根白茅草含在嘴里并示意我尝尝。我扯了一根含进嘴里轻嚼，有股淡淡的甜味。我对父亲说："甜的。"父亲笑了笑，说："可那时候吃得发吐。"

茅草随风摇摆的阵势异常壮观，那时候，我在村小上学，放学回家的路上，时常会躺在被夕阳笼罩的软软的茅草丛里，静听细细的风声，遥望连绵起伏的山峰，少年的那种无缘无故的忧伤总会不知不觉地涌上我的心头。有时候，夕阳已经落山，我还躺在茅草丛里做美梦。不管父母怎么吆喝，我只躺在草丛里一声不吭。准是茅草读懂了父母对孩子归家的期盼，只见它们呼啦啦地朝我的父母招手，仿佛在使劲向父母叫喊着："在这里，在这里呢！"父母听不懂茅草的呼喊，父母气冲冲转身回去的时候，我"腾"一下从茅草堆里弹起来，穿过一片片招摇的"手臂"，飞奔在小路上。

父亲坐在土路边的草丛里，继续说，"这灯芯草是治咳嗽的一味药。等老房子后面的灯芯草长高的时候，你爷爷就会割回来晒干。要是家里人晚上有暗咳的，你爷爷就会煮一碗灯芯草水，喝上几晚上，暗咳就没了。还记得那灯芯草的味儿吗？苦、涩、麻都有，还记得你喝过一口，立刻就吐了出来。空闲的时候，你爷爷还把晒干的灯芯草用来打草鞋。你的第一双草鞋就是爷爷用灯心草打的。你穿着灯芯草草鞋在小路上跑跳、梭滑，几天下来，草鞋就穿烂了，爷爷只好又为你打新的。那时候，家里穷得叮当响，但你没光过一天脚丫。还记得草鞋穿在脚上的感觉吗，柔软又温暖……"父亲说到这里，我谦卑的心里顿时生起了对父辈们的尊敬和愧歉。

父亲起身，拉了一把土路旁的茅草抱在怀里，茅草锋利的叶片划伤了父亲的手指，鲜血从父亲手指间渗出来，父亲顺手捡起一块土疙瘩，将其捏细后，将土撒在受伤的手指上，开始还有殷殷的血渗出来，然而渐渐的血就止住了。父亲笑笑说："这土是天然的止血药。"父亲停了停，又说："这人啊，哪个不像草一样。"

播种时节，父亲总是弓着身子翻耕板结了一冬的土地。泥土被犁铧剖开，时不时能见到蚯蚓或其他不知名的小虫子在蠕动，泥土的热气在蒸腾。我用手轻轻触摸新翻的泥土，一点点近乎体温的暖会从指间一直流到心田。暖阳照上大地，父亲会在金色的阳光里唱起歌来："妹儿嘞，山上有青草哟——，你快点走嘛——；妹儿嘞，你上犁口嘛——，我的妹儿嘞——哟——；回头来嘛——"春风拂动，这大地之上的草们"噌噌噌"往上蹿，父亲的身体在阳光里仿佛也幻化成了一颗向上生长的草。有时候，也许是父亲累了，田野里的他像极了一个纹丝不动的稻草人，或站在田坎上，或坐在草丛里，一言不发地望着天边的云彩。农田里真正的稻草人都穿着父亲的破旧衣服，头上顶着父亲的旧草帽，它们中有的扬起手臂像是在投掷东西，有的手举竹竿振臂挥舞。好多时候，我放学回家路过田野，猛一抬头，还真是难以分清究竟哪一个才是我的父亲。只等着父亲从稻草人中间冒出来喊我，我才向父亲奔去。

父亲说，人种一辈子庄稼，其实就是锄一辈子的草，草是永远锄不完的。那天太阳不烤人，隔壁的张老汉在包谷地里锄草，张老汉挥舞着铲锄，看见包谷苗旁的那些狗尾巴草，抡起铲锄便把草连根铲起，摞在包谷苗旁用土堆起，没多久那狗尾巴草就在太阳底下萎蔫了，成了包谷苗的养料。张老汉还在包谷地里"嘘嘘"撒了一泡尿,我还听见他哼唱山歌:"青杠叶儿背背黄,好久莫跟妹打堆,十天半月见一面,好像桐油合石灰。"哪晓得一眨眼的工夫,张老汉一头栽进包谷地里,再也没有起来。张老汉的坟头我去了几次,啊呀,那些狗尾巴草又长了张老汉一坟头。与草较劲了一辈子,到头来还是让小小的草占了上风。

恍然记起当初父亲进城坐卧不安的样子。他一个劲唠叨,庄稼地里的草肯定是长疯了。与草打了一辈子交道的父亲无论去哪里都惦记着乡村的草。后来。父亲见阳台上丢着几个空花盆,就从城郊的田里寻了一些土来,又找了一些大蒜种在花盆里,又到菜市场买来香葱种在里面。父亲经常用淘米水浇灌,不几天花盆里便有几棵杂草长了出来,花盆里的蒜和葱总长不过那些草,开始父亲还弓着背,把花盆里的草拔了丢进垃圾桶。可是,那些草长得极快,几天就又把花盆铺满了,嫩嫩的绿绿的,一派生机。父亲看着那些草,就有些舍不得拔了。好几次,我看见父亲有事没事就站在阳台上,平静地望着那些茂密的草。我知道与草较劲了一辈子的父亲与草和解了,他们像是没有半点疏离的老朋友,彼此平静地守望着。

父亲回到乡下老家,我第一次打电话给他,电话一接通我问道:"在哪里呢?"电话那头的父亲高声应答:"在老屋后面的草垛下晒太阳呢,好暖和的太阳!"

后来我们又打了好几通电话,父亲都说了同样的话:"老屋后面的草垛下晒太阳呢,好暖和的太阳!"一次我纳闷地问:"没去其他地方转转?"父亲说:"村里的几个老汉都挤在草垛下闲聊,热闹。"这让我一下子想起了乡村一个挨着一个的草垛，我们几个孩子时常靠在草垛上嬉戏玩闹，那时候我们最喜欢在草垛上玩藏猫猫的游戏。那时的乡下月亮坝里，到处都是我们孩子惊喜欢乐的尖叫。想到父亲靠在草垛上，不知他是否还能忆起我当初的样子。

抽空回乡下看望父亲，一进村子，我就看见父亲眯着眼睛惬意地靠在草垛上。父亲见我回来，激动地说："靠在草垛上想你们小时候打闹的样子，心里敞亮得很。"父亲顿了顿，又说，"这人啊，就像这一茬又一茬的草，春风吹又生呢。"

我和父亲站在草垛里，只听见呼呼的风声，谁也没有说话。

好多阳光

　　菜市场的水泥台阶上整齐地码着许多刚从地里收回来的蔬菜瓜果，我一走进菜市场，仿佛就能闻见那些村庄的庄稼、牛羊、农具所散发出的无比亲切又熟悉的味道。母亲更是如此。

　　母亲的身体越发瘦小了，她离开乡村很久了，生活在异乡城市的她只有走进菜市场，方才显得舒适自然。

　　在乡下，母亲总是把番茄种在向阳的那片沙土地里。母亲说，向阳地的番茄果天天有阳光照着，没几天的工夫番茄就能泛红了脸，我更愿意相信那是缤纷的晚霞涂抹了番茄的脸蛋儿。第一个发现番茄泛起红晕的不是母亲，而是田野里叽叽喳喳的麻雀。它们有的在番茄地里跳跃，欢快地叫喊着："番茄红了，红透了。"有好奇又贪吃的麻雀啄开番茄果，浓酽酽的番茄汁顺势流出，它们又一次叫开了："酸的，酸溜溜的。"它们有的叼起一截枯草，叼起，又放下，滴溜溜的小眼睛四处张望。这时母亲走进番茄地里，看见被麻雀啄开花的番茄果，她什么也没有说，只把一个稻草人插在番茄地里。刚才母亲走到菜市场的番茄摊前，捡了两个番茄放进菜篮里。不知她有没有想到她那片向阳地里的番茄。

　　紧接着，母亲走到一堆土豆边，捡了一大袋子土豆。母亲不善言语，她的表达都体现在一言不发的动作中，比如她弯腰捡起被风吹落的衣物，比如她每天默默把饭菜端上桌，比如她静静望着阳光打过房檐。土豆在泥土里先是一个玻璃蛋大小，再是一个拳头大小；先是一个，再是两、三个，最后变成一窝窝。对母亲来说，土豆就如镶在泥土里的一枚枚钻石。一大袋子土豆对于母亲来说很是珍贵。

　　围着菜市场转了一圈，母亲又来到青包谷摊前。她拿起一棒青包谷闻了又闻，摇摇头说："咋闻不到青包谷味儿？"摊主向我和母亲狠狠瞪了一眼。乡村那种甜甜的包谷浸润着母亲甜蜜的爱情。一背篼包谷，母亲就嫁给了父亲。不管日子过得多么清贫，母亲也一样过得不被别人轻鄙，不被别人污损。母亲变着法子，把清淡寡味的日子过得有滋有味。把包谷磨成细面，烙成薄饼；把包谷面打成面糊，炒了酸菜，和着吃；把青包谷磨出浆，在热水里搅成面糊；还有把青包谷埋在塘火里烤了吃，清脆甘甜。青包谷熟时，我们几个孩子有时偷偷跑到地里，生了火，烤上四五个，饱饱地吃上一顿，饱餐之后还不忘撒上一泡尿浇灭火塘，一股烟便消失在村庄的尽头。老实巴交的包谷，成就了母亲的爱情。尽管菜市场的青包谷没有让母亲闻到一点香甜的味道，但她还是买了四五棒。

　　母亲来到白菜摊前，两只手飞快地撕着白菜帮子，摊主瞅见了，大喊喝道："嗳，别剔了，再剔只剩下光杆杆了。"母亲不知哪儿来的勇气，一点都不像才进城时赔着笑脸说："就剔了两片。"母亲买了白菜，还不忘拿上她剔下的白菜帮子。摊主摇头，多半是惹不起这些老太太，即便看见了也当没看见。母亲还说："你也难得收拾，我捡起做酸菜。"该母亲付钱了，她慢吞吞地掏出钱包，一点儿都没有刚才剔菜帮子的速度，甚至慢得让人着急。母亲一张张数着角票，数好了，递出去，又收回来，母亲又一张张数了一遍。母亲笑笑拿回一角说："是说多了一角。"跟在母亲身后，我都想笑了。母亲一本正经地说："这就是过日子，我和你父亲就是这么过来的。"

一抹阳光从菜市场的巷道迎来，打在我和母亲的身上。提着一大袋子菜的母亲迎着阳光，走得异常坚定。突然我的眼睛像是被什么刺痛，我不知道我还能多少次伴着这样的阳光陪母亲走在这条去往菜市场的路上。

母亲和羊

　　家里欠钱，债主几次上门催促母亲还钱。债主是我的一个远房亲戚，上门从没有好脸色，那脸色看起来比我家木门还黑。一天母亲叹了口气，把羊圈的五只羊赶出来。母亲端详了许久，还是一咬牙决定卖羊，还债。

　　五只羊站在院坝里，悠闲地望着不远处的阳光。那只老山羊依然那么深沉，眼里渗透着无尽的岁月的沧桑。几只年轻的羊对阳光总是那么兴奋，扬蹄，咩咩咩叫嚷着。老山羊望着母亲，它一定读出了母亲眼里的泪花，低着头，抖了抖身子，咩咩叫了两声，就不再吭声了，也不再望那不远处的阳光，母亲转过身，擦了擦眼泪。

　　羊知道母亲的难处。在母亲的照料下，这些羊已经习惯了母亲的喜怒哀乐。母亲就在不远处的庄稼地里刨弄庄稼，在山坡上啃食青草的山羊的一举一动都在母亲的眼皮下。山羊在悬崖上啃树芽，母亲总要抬头关切地望望。有时候，母亲也要骂上一两句，山羊们听见母亲的吼骂，咩咩叫嚷几声，算是对母亲的回应。这些羊已然成了我们家里的成员。有时母亲有气无处发泄，她就冲那些羊骂上几句。但母亲却要把它们一只只卖掉了。

母亲声音沙哑地说："把堂屋门后那截麻绳拿来。"我停顿了一下，忍着泪水跑过去，把那截已经结满蜘蛛网和灰尘的麻绳拿过来扔在母亲面前。母亲抬眼看了看我，捡起麻绳，径直走到老山羊面前。母亲脚步坚定，竟把院坝的灰尘都扇了起来。母亲此时就像冲锋陷阵的战士，要去打赢一场战斗。母亲知道，这不是与一群山羊的战斗，而是与她自己的一场战斗。她必须对自己果断，来不得半点犹豫。一犹豫，母亲就会软下来。

老山羊很乖，始终低着头。母亲进行得很顺利，她麻利地把麻绳在老山羊角上绕了一圈，打上一个活套，麻绳的另一头就牵在母亲手里了。母亲没有把头转过来，她是对着空气坚定地说了一个字："走。"我不知道母亲是说给羊的，还是说给我的。但就这一个字羊们听见了，我站在院坝里也听见了。老山羊依然低着头，但两只脚却死死蹬住地面不愿意挪动半步。母亲又从牙缝里狠狠蹦出了一个字："走"。然后使劲拉着麻绳另一头。老山羊拗不过母亲，终于迈开了第一步。老山羊又低叫了两声，算是对母亲的反抗。最终母亲牵着老山羊在前面走，其他山羊前推后拥地跟着，我也跟着。

冬天的太阳刚出来，就淹没在厚重的浓雾中了。走了很长一段山路，羊们一声不吭地跟在母亲身后，只听见它们的蹄子叩击山路小石头的声音，单调而生硬。偶尔几声鸟叫，也很快消散在深山沟谷里。母亲一直不回头，她知道羊在身后跟着，我也在身后跟着。母亲的呼吸我都听得见，从她嘴里呼出的气立即融进冷风里。有时候，母亲停下来，喘一会儿粗气，就又忙着赶路。母亲患有关节炎，走山路让她异常辛苦。母亲给自己喊着号子，鼓着劲，一颗颗的汗珠滚落。我想让母亲歇歇，可母亲像是与自己赌着气一样不回头。母亲一只手拧着麻绳，一只手抱在胸前，遮挡着迎面而来的一股又一股冷风。那只粗糙的手俨然压不住母亲的咳嗽，母亲一路咳嗽着，身体的发动机好像总是接不上气头。有时候母亲用抱在胸前的那只手去理几下被冷风吹乱的头发。这一路上尽管有母亲，有一群羊，但我依然感觉很孤单。我多想母亲回头看看我，看看这些山羊。可母亲没有，她始终低着头在冷风里走着，她知道我在身后跟着，羊群在身后跟着。

终于进城了。母亲领着羊群和我穿过大街市。羊们没有见过这么多的人，我也没有见过。山羊们开始兴奋起来，"咩咩"吵闹着。城里人像是没有见过一群羊进城，都睁大眼睛盯着我们。尽管母亲对自己是那么果断，但她牵着老山羊走在大街上还是有些胆怯。在那么多的目光中，在各种声音交织下，羊群有些乱，山羊们都"咩咩"叫着。这时母亲回头了，温和地说了一句："别到处乱看，跟上哈。"羊群稳了一下阵脚，可不一会儿，又开始骚动起来。一只山羊跑到苹果摊前，一脚踩翻了一篓子苹果。散落的苹果在街上四处滚动。一个胖女人跳起来喊："嘿，苹果，我的苹果。"然后追着将四处滚动的苹果往回捡。我惊呆了，母亲喊："还不快帮着捡。"我立即弓下身子去捡那些散落在街角的苹果。我把苹果捧给胖女人，母亲在旁边一个劲道歉："对不起，实在对不起。"胖女人气愤地看一会儿母亲，又看一会儿母亲牵着的羊，最后又看一会儿身旁怯怯站着的我。胖女人摇了摇头，说了一句："算我倒霉。"母亲低着头，再次说了一句："对不起。谢——谢你。"

母亲对着山羊们狠狠骂了一句，然后使劲扯着麻绳牵着老山羊，快步穿过大街，来到了屠宰场。一到屠宰场，一股股刺鼻的血腥味迎面扑来，不光山羊们打了一个寒颤，母亲也抖动了一下身子。母亲迅速和屠宰场老板讲好价钱。母亲把麻绳递给老板，老板把一叠花花绿绿的票子给了母亲。

母亲拉着我说："走吧。"现在只剩我和母亲走在冷风里，看着母亲和我离去，山羊们"咩咩"叫嚷着，但母亲没有回头，我回头看见山羊们眼里全是泪花。我对母亲说："羊哭了。"母亲没有开腔，拉着我的手，仍旧没有回头，步伐较刚才更快了。我看见母亲的眼泪在冷风里飞。我再次回头忧郁地望了望山羊，算是最后的告别。

城市后山

我走街串巷，寻找这座城市的后山。

出门走上大街，交通信号灯频频闪烁，车流密集。站在十字街头，我一眼看见我经常来此打发时间的被夹在一家药店和一家服装店之间的书店。孤独地站在大街上，我恍然觉得自己像是被挤在店铺中间的那家书店，透不过气来。

透气的地儿在哪里？从几座三十多层的楼房空隙间望去，隐约看到了一座山的影子。我绕过楼房，四面八方的人流向城市涌来；我绕过穿城而过的一段铁路，光亮的铁路轨道上附着一层薄薄的灰尘，昨晚列车的长鸣显得悠长而寂静，"哐啷哐啷"的铁轨声渐次远去的时候，我仿佛看见众多或是背着包或是提着包的人群向城市涌来。

跨过铁路，看见一条小路，顺着小路走进去，慢慢感觉山的味道就出来了。再向前走，便见到了满坡金黄的油菜花和青青的麦子。发堵的心突然格外敞亮，身体一下子轻松如飞。这份宁静和芳香是我没有想到的。我放轻脚步，尽量平复着自己激动的心情，我不希望我的到来扰乱了这座山的宁静，更不希望我的琐碎扰乱了这座山的芳香。

　　尽管如此，我还是惊动了一对在麦地谈情说爱的斑鸠。它们"腾"的一声从我的脚下飞起，又迅速隐到近处的柏树林里，留给我的只是一道优美的弧线。斑鸠飞起的地方，几片羽毛在阳光里闪动着。我激动地径直把手伸了出去，想要抓住空中飘起的羽毛。我屏住呼吸，几片羽毛落在手掌里，满满的柔软和温暖。要不是我的草率，这对斑鸠或许会沉醉在那份宁静里直到太阳下山。

　　回头眺望，我的城市隐在山脚下的平地里，或高或矮的楼房，以及穿梭的车流和人群似乎已经远去。我耳边不再有急促的车鸣声，眼前不再是熙熙攘攘的人流。我的临街蜗居安详而淡定，也许它正盛装着一屋子的阳光，等待着我回来。我知道，母亲这时候已经上街了，她要去菜市场，她每天都要去那里转转，她说，菜市场有好多阳光。尽管家里有一小屋子的阳光，但她说外面的阳光才有阳光的味儿。我的妻子这时候也已经出门，她要送小儿子去读课外音乐班。这时候城里的小屋子空了，只有阳光照着小屋的墙壁、窗户、角落。

　　我走到一大片马尾松林里，于一片草地上我毫不犹豫地摊开手脚躺在大自然的软床上，真心叫一个透气，是要与天地接在一起的透气。一只七星瓢虫飞过来，我伸出食指，漂亮的小家伙先是落在我的指头上，而后又试探地在我的手掌上跑动。我轻轻握了握拳头，想给它一个温暖的港湾，可它没有懂我的意思，立马跑动起来，从我的指缝间溜走了。

　　落日已经过了对面山峰，我不得不起身下山，回到城市的小屋。尽管我有盛装阳光的小屋，七星瓢虫也是住不进去的，毕竟它不属于那里，我的家人也不会同意，但我还是忍不住想到，我要是握着一只小虫子，躺在地板上，对着一地的阳光，与小虫子触碰耳语，此时恰巧我小儿子好奇地跑过来问我在做什么，我可以回答他我是在与小虫子说话吗？

下山路上，我在一点一点地找回城里人的样子，我整了整衣领，拍了拍身上的灰尘。我顺手摘了几串槐花提在手里，还放了几粒花在嘴里慢慢嚼着。几头牛还在山上，摇晃着的牛铃发出悦耳的声响。我心里充满了感激，后山叫我找到了缓解身心的精神乐园。

从后山回到城市的小屋里，我靠在窗前眺望后山。我等着母亲回来，只要母亲一回来我就要告诉她后山阳光的味儿。我还要告诉她我在后山发现的好多新奇的东西，比如说，那里有诗歌——后山的一段小路，一片落叶都可以是一首绝美的诗，这在城市小屋里绝对产不出的。

我一次又一次地来到后山，我在城市和后山之间来回往返，乐此不疲。

豆子远行

　　清晨我像往常一样站在窗前，不经意间我发现不久前滚进花盆里的一粒豆子，竟然冒出了嫩生生的新芽。迎着窗前透进的一缕阳光，只见它张开两只胖嘟嘟的小手，捧着金色的阳光。全身尽是阳光的味道。

　　看着这可爱的小嫩芽，我的心里顺畅得很，脑海里一下就冒出许多与黄豆有关的事情来。

　　有一年夏天我在老家，看过一大片的黄豆花，一朵朵小花隐在豆叶间。阳光透过叶子偶尔照在美丽的小花上，明暗之间，像是一只只优雅的蝴蝶停在那里。微风吹过，小花窸窣摇落下来，草地被铺上了浅浅的一层落花。我正坐在黄豆地的不远处看一本闲书，家里的几只鸡也闲着，一会儿在小路上慢跑，一会儿在草丛里轻松踱步，一会儿又停下脚步，警惕地望着四周。但更多时候它们喜欢啄食那些落在草地上的小花。只见红公鸡把啄食在嘴里的花吐出来，而后又啄起，还时不时发出"咯咯咯"的叫声。谁会注意这一朵朵小小的黄豆花呢，除了吹向大地的风之外，大概就只有我家的这几只鸡了。

　　在我看来黄豆是极其卑微的，它从来不被农人重视而胡乱地撒在山坡上、沟坳里，或是隐伏在乡村的深处。黄豆是去不了大田大地的。农人也不会对黄豆进行精耕细作，只等到荒草长过了黄豆苗，农人才记起给黄豆除草。也就是除这一次草，农人就等着收获了。

初夏，看见星星点点的几个农人顶着烈日在山坡黄豆地里除草。除一次，草基本就再也长不过黄豆苗，等到黄豆苗铺开，草的劲儿就更弱了。一天，我放学走进黄豆地里，偶尔听见了一段对话：

一个孩子说："多漂亮的小花呀，真像那眨啊眨的小眼睛。"

另一个孩子说："是小花鸡的眼睛。"

我猜孩子和我一样，看见那些在黄豆地里追逐的花鸡了。我猜想这黄豆苗一定听懂了这两个孩子的对话。

一次，我在收割过的黄豆地里看见几只蚂蚁被一颗掉在地上的黄豆吸引，它们摆动触角想要搬动那一颗黄豆，可是黄豆在它们的触动下，骨碌一下子滚远了。我静静地看着它们无助地摆动触角，它们不知所措的样子，不禁让我想到了我自己，也想到了狗娃子。

狗娃子说起他第一次进城的感受，"全身不自在啊，甚至都不会走路了，脚迈不开步子，手也不知道往哪里放。好像被无数双眼睛盯着，在笑话自己。浑身像是有无数的虫子在爬。索性坐在街上的花坛沿上，喘气儿……"

后来，狗娃子慢慢习惯了城里的生活，但他终究不属于这里。一次，他见到我说："城里太堵，每天做工完了，都要找个地方好好地喘会儿气儿。"狗娃子在建筑工地上码砖，每天站在木板支架上重复地做着弯腰与直立的动作。有时候为了给自己解闷儿，他就在心里哼上一两声乡野小曲儿。在这个城市里，狗娃子像一颗滚落在地上的豆粒，默默地从一个建筑工地滚向另一个建筑工地，每滚动一次他都格外小心，生怕撞坏自己身上的那件工衣。他说："在城里生活，磨人得很。"置身于城市当中，有时候让我们活得像一个偷盗者，从那密匝匝的高楼隙缝里偷窥那透下的一点点月光，在城市的一段缓坡上偷听那低迷的一两声蛙叫；或者在城市的草坪上偷偷翻开枯树叶，趴着找出一两只蟋蟀。再或者，跑到城市近郊，躲在农家的猪圈旁，嗅嗅那猪粪味儿，听一听猪呻吟的声响。城里早已被像汽车这样的铁东西占领了，铁器的尖锐刺伤了现代城市的肌体，淹没了城市的音质，皎洁的月光难以看见，更不要说戚戚的蟋蟀声了。

可没几年工夫，狗娃子就变了。一次他回到乡里，背着手在村里走了一圈，显然已经没有人认识他。他说："怪了，才几年工夫，就连老屋杨树上的那一窝喜鹊也歪着头，盯了我好久，好像是盯着天外来客一样。"我只好淡淡地对狗娃子说："故乡不认识你了。"其实，我知道，狗娃子曾经的那种乡里人的草木之心，已经被各种金晃晃的金属和铁器装扮，故乡已经认不出曾经那个土头土脸的狗娃子了。他再不会停下来，静静地坐在湿润的田坎上听一段蟋蟀弹奏的小曲儿。他更不会赤脚试探一下泥土的温度。

在狗娃子心里，他已经无法忍受乡村的黯淡，再也看不惯乡村的模样了。一只土狗跳将到狗娃子身上，他一脚将狗踢得老远，他再也忍受不了乡村小动物与人的那种亲近。甚至，从乡村猪圈旁经过，狗娃子首先是掩着他那红红的酒糟鼻子，他现在无比厌恶猪粪那臭烘烘的味儿。

甚至就连村庄树丛里画眉鸟的清脆歌唱在他听来也有点怪腔怪调。他怎么一下子变成了这样？狗娃子却说："乡村不再是从前的乡村了。"

其实，仔细看看，立在村头的那棵皂角树还在，有风的时候，枝条依然轻轻摇动着。村里那头老牛依然蹒跚地走在山路上，它不时仰头"哞哞"叫上几声，勤勤恳恳地拉着牛粪。当然，村里也发生了许多变化，比如，山边轰隆作响的挖掘机每天在疯狂的、肆无忌惮的把那些大树、那些绿色以及那些清新空气摔碎、捣烂。还有村里的那条小河也已经无缘无故断流，仅剩的几片死水像裸露在村庄脸上的癣癣。

再看看像狗娃子一样进城的人，他们胡乱散落在城市的某个角落里。就像被农人胡乱撒在山坡上的那一粒粒豆子，在肢解、挤压中喘气呼吸，发芽开花。他们既然进入了城市，是不大可能再回到乡下去了，即便在城市里遭受冷落，他们还是慢慢脱离了乡村的本色。即使他们哪一天回到乡村，也是为了完成心里的一种仪式，或者说是一种形式罢了。

可是，狗娃子这次从城里回到乡村，好像是要一直住下去了。他把荒芜了许久的地开垦出来，依山建了一座别墅。地里种上桃树、枇杷树，别墅前建了一个大堰塘。因为有了人，这块沉寂了许久的荒地一下子有了精神。院子里的草也一丛丛铺展开来，寒碜的乡村顿时有了一种意外的诗意。草和土地的亲近，一下子唤来了那些野花、野藤，还有那些也不知从哪里钻出来的小虫子。两只斑鸠也飞了过来，无拘无束地在草地上啄食。几朵白云悬停在别墅上空，像一架架梯子，只要扶梯而上，就可以枕着白云清风远行。这乡村是讲究来路和因果的，草来了，风就来；风来了，水就来。乡村从来都不胡来，它遵从着一种道的次序。冷热寒暑，兴衰云烟。

后来我又到乡里看了一次狗娃子，他着一身布衣，脚踩一双布鞋。沏一壶清茶，在清风里他与我对坐，他呷了一口茶说："人这一辈子，就像那从成熟的豆荚里跳出的一粒豆子，滚来滚去，还是这乡村的土地最能滋养它成长。"听了他的话，我静默着。我在想，一个人的远行多么像一粒豆子的远行，蹦蹦跳跳、跌跌撞撞要磨掉多少野气、多少棱角，才能回归一派平静和朴实。

土豆兄弟

土豆，更像是我的兄弟。圆滚滚的身子，憨厚、朴实，土头土脸。

一进入菜市场，每个摊位都像是色彩斑斓的展台，每个菜品都像是被涂上了釉彩一样发亮，与其说这些菜是刚从地里采摘上市的，不如说是从瓷器加工厂出产的。在这些被修饰过的蔬菜中，最能保持原貌的还属土豆。土豆挤在众多菜品中，有着大肚能容的气质，也有憨直肥胖的容颜。

土豆从地里刨出来，堆在老屋街沿上，要想吃就捡几个淘干净，丢到锅里煮熟就吃。那味道有一点甜，有一丝面。再不就把土豆丢进堂屋疙瘩火堆里烤着吃。

把疙瘩火里的土豆翻个身，让它"扑哧扑哧"冒个气，十几分钟后，刨开烫灰，再在烫灰里撸上几下，土豆便会冒出香气。从烫灰里捡出土豆挑一个放在手里，滚烫的土豆在两个手掌里跳来跳去，嘴里"嘘嘘嘘"吹着气，真是烫手的山芋啊。老家吃火烧土豆有说法：一捧、二吹、三拍、四忽悠。一捧，就是不要死心眼儿地把火烧土豆抓在手里不放，要捧着土豆不停轮换于双掌散热；二吹，嘴里要不停地吹气，吹去灰烬，吹去土豆的热气；三拍，用手轻轻拍打火烧土豆，拍净泥土灰烬，拍松土豆的内芯；四忽悠，就是在剥开烧土豆的同时，嘴与烧土豆始终保持相应的距离，持续不断均匀地哈气，就像给娃儿挠痒痒化开土豆内芯的高温热气。几番下来，滚烫的土豆稍稍冷了，人们一边吃着土豆，一边谈笑风生，火堆旁闪出无数的亮光。吃着这烧熟的土豆，心里是那么踏实，生活不需要太多的山珍海味，只需静坐下来，舒心吃上一颗火烧土豆就好了。

在我小时候的记忆里，土豆最好侍弄，只要不是盐碱地，土豆挨土就能长。在坡地挖好土豆窝，把土豆种点在窝里，撒上干农家肥，再用土把窝盖上。一场春雨后，土豆就发芽了。土豆历来心胸开阔，乐天知命，不经意间，土豆就抱出了一窝土豆蛋儿。

在缺吃的年代，土豆是个宝。记得土地刚刚承包到户，乡亲们终于可以在自家的地块里想种啥种啥，用力用肥多了，那年土地种啥成啥。乡亲们见面相互比自家地里的收成，那种收获的喜悦无可言说，乡亲们饿怕了，收获的包谷、麦子等粮食总舍不得吃，全部用大竹筐、大箩兜储存起来。那一年土豆也比往年丰收，没有储存的地方了，家家户户就把土豆堆放在老屋街沿上。土豆收回家，蒸着吃，在火堆里烤着吃，切成丝，炒土豆丝吃，切成片，与腊肉炒着吃。各种吃法都用上，甚至连放屁都有一股土豆味。母亲说："吃了这么多天的土豆，再吃一顿土豆搅团吧。"于是，母亲将新鲜土豆在箩兜里切成小块，然后用小手磨磨成土豆浆，经水过滤，再在柴锅生火，边将土豆浆缓缓倒入烧热的柴锅，边用擀面杖搅动。搅好后，舀一碗兑酸菜汤吃，土酸菜味酸，土豆搅团的韧劲一下子就出来了。土豆搅团黑里透亮，筷子插在里面能从外面看得一清二楚。在我的记忆中，难得吃上一顿土豆搅团，一是乡村没有那么多的时间，二是土豆搅团的酸菜汤料费油水。于是，要吃一顿土豆搅团，要等新鲜土豆收回家，在接二连三的雨天，乡亲们无法下地干活，时间空余出来。还有油缸里要有多余的菜油，油缸见底，是吃不成土豆搅团的。

小时候，母亲把新鲜土豆去皮磨浆，滤去渣，剩下的淀粉水沉淀晒干后，就成了土豆粉。我们三兄弟在缺吃的年代成长，全靠母亲勤劳的一双手。母亲把晒干的土豆粉加上白糖，边用开水冲，边用筷子搅拌，不一会儿，一碗土豆糊糊就好了。吃上一碗甜土豆糊，无疑是农村小孩子能够欢喜好几天的事情，在某种程度上，甜土豆糊代表了那个年代孩子们对于甜食的喜爱和表达。如今我们三兄弟落户在城市中，我们在狭小的城市空间中冲突游走，我们依然保持着泥土的品质和质朴，这多少得益于土豆的恩赐与熏染。

一次，我回老家，在狗娃子家里，他母亲做了一顿土豆腊肉汤，我和狗娃子一边吃一边聊。

狗娃子问我："《土豆花儿开》这歌听过不？"我说："听过，有点小感动。"

狗娃子开始哼唱起来："这个季节的老家，土豆花儿开。一垄连着一垄，铺成紫色的海。媳妇她守着家，忙里又忙外。盼着那好收成，等着我回来。这个季节的城市，也有土豆卖。一个大过一个，是咱最爱的菜。会不会有哪个是她亲手栽，吃到了嘴里面，暖着咱胸怀。土豆花

儿又开，迎着风儿摆，是她挥动着头巾远远在等待。闲时点一支烟，心
飘高楼外，我的眼前是一片土豆花儿开。……土豆花儿又开，一年又一
载，出门在外的人儿其实最懂爱。城市大变了样，咱也挺光彩，只是心
里有一片土豆花儿开……"

唱毕，狗娃子继续说道："歌词写得真好，特别是那句'闲时点一支
烟，心飘高楼外，我的眼前是一片土豆花儿开。'整得我每天一吃烟，就
想起土豆花儿开。"

"是想起土豆花儿开吗，是想媳妇吧！"我打趣道。

土豆一直很低调地深埋在泥土里面，它们从不声张，静静地等在那
里，让手握锄头的乡亲们刨出一地的惊喜。

堆在屋角的土豆，被冬天太阳斜射进来的光线照耀着，在这温暖的
土屋里土豆开始冒芽。它们期待在下一个春天与大地紧紧相拥。

城市田园

　　两个老人蹲在楼下的空坝子里说着话。在这到处都是监控的县委大院里，他们很亲热，他们在聊什么话题呢？他们身后两个小菜园子里的蔬菜在静静听着。蔬菜叶上挂着的露珠时不时与他们交换着眼神，浅浅地笑着。

　　我隐约猜到这小小的菜园就是两位老人的高天大野，他们对故土的情愫、牵挂、感念、温润都在这两小块菜园里。他们能够在县委大院里拥有这么一小片的田野，他们就会感到岁月完好，日子有趣。

　　我与两位老人住在同一栋楼里，每次下楼穿过两块菜园，我都会驻足看一会儿菜园里生长的白菜、韭菜、莴笋、小葱，我是熟悉并喜欢这些蔬菜的，它们与我老家菜园的蔬菜没什么两样。我静静站在它们跟前，它们也一定能认识我。在这充满绿意的空气里，我敞开胸怀呼吸，此时的阳光从遥远的天际赶来，晃眼的光线恰好落在我的肩头，落在那些蔬菜上。恍惚间，我见到蔬菜们纷纷伸出双手一起迎风拍响热烈的掌声，我竟有一点不好意思，觉得自己从来没有这么被天地万物看重过、尊敬过。

　　两块菜园子，建在小小院坝的台阶两边，分别是两家一楼住户的，一家姓张，一家姓李。院坝里摆着一个小石桌子及四个方石凳，石桌上画着象棋盘，要想杀盘象棋，只需把象棋子拿出来摆上。

　　一天，老人张把栽在大花盆里的葡萄移出来，重新种在用土砖码的园子里，又给葡萄搭了一个架，阳光里透着新土的气息，好久没有闻到这种尘土的味道了，很淡，很柔和，很细腻。要是能仰在天地间这么偌大的一间屋子里，头顶上有一小块亮瓦，阳光从亮瓦处透下来，从那一束光柱里，就能看得见飞舞、跳跃的尘土。这时候，老人张挥舞着铁锹，一铁锹一铁锹地往码好的葡萄园子里铲土，细微的尘土在阳光里追逐、上扬，老人的身体在阳光的光束里一弓一起，大汗淋漓，那么的轻盈和快意。

　　老人李从单元门里走出来，看见老人张窗户下飞扬的尘土说道，"咦，又要把你那葡萄咋整呢？"

　　"眼看着这葡萄一天天往大里长，这盆太小了，就想着给它换个大的园子。"

　　"那就更肯长了。"

　　"就怕它在这盆子里屈着了。"说着，老人张用脚踢了踢原先的那只盆子，盆子在阳光里轻微摇晃了一下身子，随即又稳稳地站在院坝里，阳光再次迅速注满了它那被挖空的盆体。

　　"这么好的天气，那我也来给我的这株葡萄搭个架。"老人李随即操持起他的葡萄架来。

　　于是，两个老人就开始在阳光里比试起来。老人李说："你那葡萄品种该换换了。"

老人张不服气，"吃的就是那个味儿。"老人张把"儿"字音拖得长长的。我站在二楼阳台上，听着两个老人说话。说到那老人张的葡萄，我口水直流。老人张曾送给我几串葡萄，小手指蛋大小的葡萄，丢进嘴里，酸甜酸甜的。老人张说，这是一株野葡萄，是他从老家的深山里移栽过来的，因此，他的葡萄自带一种老家的味儿，一种深山的味儿。好多人劝过他把品种改良下，他坚持不改良，他要的就是这纯正的酸。

老人张继续说，"没有几个人能吃到这葡萄味儿。"

老人李站在他的葡萄架下，望着自己的葡萄说，"也许只有我们这些老家伙吃得出来这味儿。"

整个下午，我都在想，如今，在我们城市里，除了油气、雾霾、水泥、钢筋、电器的味道，我好多年没有闻到过泥土真正的味道了。我内心的空白和恐慌是不是也与远离质朴厚实的泥土有关。

我羡慕起这两个老人来，他们拥有着自己小小的菜园子。他们虽然住在县委大院里，但从来没有短缺过泥土的味道，从来没有短缺过蔬菜的慰藉。

有时候，我从两个老人的葡萄架下穿过，会看见一只猫直着身子躺在葡萄架下晒太阳，猫眯着眼睛，阳光从葡萄架上的藤蔓空隙间落下来，打在猫直躺的身子上。猫黄白相间的皮毛在阳光下格外闪亮，小肚皮有节奏地一起一伏，它的胡须随着它的气鼻微微摆动。老人张坐在葡萄架下的石凳上示意我不要作声，他压低声音说："轻点声，不要吵了猫的瞌睡。"

"听到猫的鼾声没有？"我侧耳细听，这只直躺在院坝子里的猫竟然打着小小的鼾声，猫呼出的气打在地上，地上的尘土被吹起来，在阳光里上下翻飞，尘土的味道起来了，猫的鼻翼周边亮出一小块，清晰地印着猫的口水。这只猫在梦里笑了，我无法想象一只猫的美梦，莫非它的梦里也会出现一朵花的绽放，或是一株草的萌芽。

老人张坐在石凳上，盯着熟睡的猫，像是照看着睡梦中的孩子，他一遍又一遍地叮嘱着上楼下楼的人轻点声，不要吵了这只猫的瞌睡。忽然，一片干枯的葡萄叶掉下来，稳稳地落在了猫的身上，猫一惊，立马弹将起来，"喵"一声顺着短墙根跑了。

每每下楼经过菜园子，总能见老人在菜园子刨弄。老人弓着身子，呼吸也低，老人的气息和蔬菜的气息交汇着。日子在这个时候显得异常缓慢和舒心。回想当年在乡下的时光，全是这样的慢生活和心情，想不到十几年的时光，那些慢变得非常遥远，我被汹涌的人流、车流推动着前进，我再也停不下来，脾气变急了，脚步变快了，我无声无息地陷入了飞速转动之中。我的心理和思想也与之前的生活有着许多差别，只不过我的外表还像县委的招牌一样几十年不曾换过。看见老人的慢生活，我按捺不住跳进菜园子，同老人一起捡起枯叶来。老人惊讶地望着我："年轻人爱好这个？"

我笑笑说："我的家乡也有这样的菜园子。"

老人慢慢说："现在还有几个年轻人能够记住自己的家乡。"

我本来还想说，"我也有个像您一样的父亲。"我最终还是没有说出口，我捡起白菜上的一片枯叶，使劲抛出菜园子。枯叶慢悠悠地飘落在了地上。

此时，我觉得老人的纯真质朴、无所羁绊培养了这一菜园子的朴素、简淡。最后，老人扯起一窝白菜递给我，"拿回去尝尝，这白菜经过霜冻，晒过阳光，有一丝丝的甜。"我接过白菜，首先映入我眼帘的是白菜根上的那一撮泥土。泥土还在零星的往下掉，泥土湿润、细密的气息一下子跑到我的鼻尖。我深深吸了一口气。

接下来，只要我有空，我就要走出单元楼，来到这两个老人的菜园子，安静地盯着长势良好的蔬菜，看它们在风中惬意地摇晃，看它们在阳光里低头沉思。诗，用得着去熬夜苦思冥想吗？两个老人菜园子里种的全是好诗。阳光里透着泥土的气息，泥土里藏着阳光的香。

幸福峡谷

　　每一朵花都是一个奇迹。野豌豆花突然铺就在我的视野里，我顶着炎炎烈日，独自在这条峡谷走了三四个小时，这一幅自然构成的水彩画突然跃入我眼帘，让我一下子陶醉在了这峡谷。

　　我误闯入这条峡谷，是因为一条清亮的小溪，落叶堆积沉睡在水里，保持着原始的面貌，急流处砾石明亮，水花飞溅。我和溪水保持着一种前所未有的默契，顺着溪水我一直往峡谷里走，溪水一直或多或少地为我呈现着惊喜。比如成熟多时的果实熬不住这初夏的阳光，突然掉在溪水里，惊得水花乱溅。比如质地轻盈的水雾在阳光里飘忽不定，调皮的小鱼时不时跃出水面，想要追逐那一束束灿烂的光芒。还有峡谷里的鸟，在我身前身后低飞，却不打扰这悠然的景致，它们或停在树枝头，或停在溪水石头上，从不惊咋咋叫，只是偶尔轻轻地哼唱两句，绝不去震动这峡谷的耳膜。还有峡谷的风，柔和凉爽，只感觉有无数张温柔的玉唇撩动人心。还有峡谷的气味，那是一种寂静的味道，一种清水的味道，一种泥土的味道，一种树木生长和腐烂的味道，一种落叶睡在水里呼吸的味道，一种青苔漫游的味道，一种水雾弥漫的味道……我坐在峡谷的石头上，像那一只水鸟停在石头上四下张望，我是在享受这怡人的气息和味道，还是被这祥和的一切所包围，我自己也分不清。我只知道作为一个闯入者我早已被打量得无比透彻。对于峡谷来说，不管我多么的无意，不管我多么的无聊，我都是一个实实在在的闯入者，也是一个实实在在的破坏者。

我牢牢地被峡谷吸引着。这条峡谷有着巨大的魔力，我也像是着了魔一样没有理由地喜欢着峡谷的味道，喜欢峡谷的风，喜欢峡谷的水雾，就连我的想象、欲望、憧憬、幻觉都是峡谷的。着魔了，着魔了。真的，一个人的力量是有限的，这自然的力量才是无穷的。峡谷什么也没有做，可我就是喜欢峡谷的阳光从树枝缝隙里筛下来，斑驳的光点打在水面上，打在光滑的石头上，抑或打在或青或暗的青苔上，还用得着写什么诗吗？答案自然是不用，这里的一切本身就是无数唯美的诗句。还有峡谷的石头，或圆或扁，或山间倒立，或溪涧半卧，多像我性格各异的朋友，这哪里有寂寞，我要说的每一句话，都有这些自然的朋友倾听。还有高大的树木，我可以清晰嗅到树木的香味，枫香树、岩松、银杏树、鸽子树、红豆杉……细细分辨，光这香就让人着魔得要死。峡谷，我的峡谷，请原谅我的误闯，请恕我无罪。

我坐在溪水边，把手浸在凉凉的溪水里。我的手明显感到一阵惊奇，已经习惯由管道输送的自来水的这双手，当浸润在大自然的溪水里，竟不知所措。还是溪水亲人，一遍又一遍地唤醒我手上的每一根经络，我捧起一捧溪水，迫不及待地喝起来，哎呀，一丝凉爽传遍全身，我不禁叹道，这溪水醉人啊。溪水含着蓝天的颜色，闪着峡谷倒映的异彩。阳光下的溪流像一面彩色的绸缎在抖动，清澈，欢畅。美丽就在细节中，它们在改变自己流向中，一次次触摸到了美丽，跳下沟坎成了碧玉潭；拐过一棵杨柳树，得到"水抱杨柳"的雅名。一切顺其自然，这是溪水的自然观。

自然的美景本属于自然界的一切。一条花蛇现于水面，花蛇身上有黄色纹路，褐色斑点，光芒里的花蛇异常兴奋，这是它的舞台，它抽动柔软的腰身舞蹈，种种迹象表明，全场的表演只为我一个观众，因为所有的树木无动于衷，所有的石头没有喝一次彩，所有的昆虫都在各自忙碌，所有的鸟儿并没有惊奇地为它歌唱。然而，花蛇并没有敷衍了事，它微笑着从一处水面滑向另一处水面。对于花蛇来说，这是一场幸福而自由的活动，最大的幸福和自由莫过于自然而然。然而对于我来说，怎么也自然不了，我身上有太多的诸如房子、车子和杂七杂八的东西，这些东西是我生活的物质内容。我更不可能超脱尘世自然而然，我的血缘链条和情感纽带注定是我摆脱不了的。

今天，我进入的这条峡谷，一大片野豌豆花在溪水边的湿地上开得正艳，紫色的小花一嘟噜一嘟噜的，像停了一串串的小蝴蝶。湿地上还有种类繁多的野草聚集在一起生长，他们彼此依偎彼此攀援，看不出贵贱之分。我一骨碌躺在野豌豆花里，顺手摘了野豌豆的豆荚，将一头掐掉，再缝中破开，扒掉胡椒大小的野豌豆，制成了一个简单的口琴。斑驳的阳光照射在我的脸上，照射在野草丛中，我将口琴衔在嘴里，吹奏出断断续续的曲子。我这一幼稚可笑的举动，并没有引起野草的揶揄。野豌豆花继续静静地绽放着。狗尾巴草聚精会神地关注着自己毛茸茸的尾巴。车前草永远匍匐着自己的身子。蒿草自始至终都在使劲伸长自己的茎秆。这个地方没有人打扰，是野草最为恣意的场所。这个现象暗暗折射出野草喜欢自然，拒绝喧嚣。我是一个慌里慌张的误闯者，但野草平静如初。

好大一片野豌豆花，浩浩荡荡的婉如一只迎娶新娘的队伍，我们口里个个衔着野豌豆花的口琴，吹吹打打迎接着新娘。"闷娃儿，娶新媳妇儿哦。"知客浑厚的声音响彻了整个峡谷。峡谷回应，"娶——新——媳妇儿哦。"

我笑了，这峡谷的野豌豆花把我未泯的童心来了个尽情释放。但愿，我能护佑好这一童心。

山里红心

深秋时节，一轮似圆非圆的月儿伴我们进山——九龙山，汽车在峡谷陡坡上缓行，月光朗朗，微风凉凉，心田爽爽。突然，汽车拐进一个开阔地带，月光铺了一地。溪水潺潺，蛐蛐唧唧。山野的声响此起彼伏，一声息了，一声又响，一阵阵相随，一阵阵相逐。

主人把桌子摆在月光下，一桌饭菜敬月光，也敬我们这些远道而来的客人。开始大家都有些拘谨，和着月光几杯酒下肚，夜色朦胧中心间的诗意泛滥了："举杯邀明月，对影成三人""青天有月来几时？我今停杯一问之"。酒已满，秋月已满，仿佛世间的喧嚣已远。

席散，我去了田间。月光之下，我独立于田间张望，那些高山稻谷，那些远山近水，那些落叶乔木，一切尽收眼底。我静静地走在田间小径上，尽量放轻自己的脚步，尽量放缓自己的呼吸。可是，还是惊动了草丛中的秋虫。它们集体屏住呼吸，没了声息，四野安然。它们感应到了我世俗的脚步，它们肯定知道自己的世界闯进了一个不速之客。它们试探性地叫一声，我讨好地学它们应了一声。它们一定吓了一跳，心里反复揣摩这遥远陌生的声响。对于这些秋虫，我的进入，是对它们的一种嘲弄。

　　也许，这时候我只有坐在田坎上倾听。秋风来了，把它揽在怀里；月光来了，把它盛在心里；露珠来了，把它装在衣兜里。远处的山峰沉默不语，我和山峰对峙着。山峰是有语言的，好多事情仿佛神不知鬼不觉，说不定早已被山峰看得一清二楚。久了，人们容易忽视山峰的存在，只有山峰一如既往地注视着人们。山不会跑来跑去，它站在那里就站在那里，不轻易变化姿势和容颜。山更不会巧舌如簧、滔滔不绝，它懂得倾听，从不歪曲事实真相。许多时候，它更像一个沉默的老人，静静地看着风雨飘摇，静静地看着雪花一片片把大地覆盖。田坎上一对男女在悄悄说话，男的说："这猕猴桃快成熟了，这娃儿的学费也就有了，有点余钱，给你买件过年的新衣服。"女的赶快应着说："别，你一年累到头，还是给你整两斤好酒喝喝。"男的不高兴了，接着说："咋说呢，你嫁给我就没买过一件值钱的衣服，你看王家媳妇穿得洋气的，我总不能让你跟我一辈子受委屈。"女的压低声音说："啊呀，这是什么话，不要和别人攀比，嫁给你，我甘愿过这种平平淡淡的生活。要不是照顾生病的老爷子，我们不也修了楼房。有你这个心，我就知足了。"夫妻俩你一言我一语，声音逐渐低了，一直低到了田坎的草丛里。多么朴实又感人的话语。月光下，我望见一树树的猕猴桃，那浅浅的绒毛隐约可见。我想，也许这一对夫妻一辈子也干不出什么轰轰烈烈的事情，但他们还原了一个真实的生活状态。不管衰老还是贫穷，他们就这么幸福地生活着。不管头发白了，还是眼花了，他们守望如初。就是这么一会儿，我困顿于喧嚣的心情由此变得开阔舒畅起来。

不知不觉中，有雨从山间飘来。刚才的月儿躲进稀薄的云层，时隐时现。细细的雨，裹在田野和树枝上，田野、树枝似披上了一袭月光袈裟；有的凝成亮晶晶的水珠，衔于草树尖，我轻触一片叶，它叶尖那一滴晶莹的水珠顺势滴到我的手掌心，沁人的凉。清新的空气里荡漾着歌声："八月十五月儿明呀！爷爷为我打月饼呀！月饼圆圆甜又香啊！一块月饼一片情啊！……献给爷爷一片心哪"。歌声里，我突然嗅到撩人的桂花香，这香气是从雨中飘来的。只有月光，才会这么内敛低调；只有夜雨，才会这么隐秘纯净。

回到月光坝上的饭桌前，饭菜已经撤走，换上了山里的特色小吃。一盘猕猴桃，一盘核桃果，一盘新鲜花生。主人拉我坐下，顺手递给我一颗猕猴桃。"尝尝山里的红心猕猴桃。"我惊讶了："红心的？"主人说："我们这里是红心猕猴桃原产地，正宗得很。"主人又指了指坐在我对面的夫妻俩，"你手里拿的就是这两口子种的。"男的赶忙摇着手说："才走上路啰。"一听声音，我吃了一惊，这不是刚才在地里说话的夫妻俩吗。女的站起来一拐一瘸地走到我身边，又递给我一颗猕猴桃说："这是我们家种的，颗颗红心呢。"我一时反应不过来，原来，这是一对残疾夫妇，我瞬间被他们淡定自如的生活状态感染了。后来，我还知道这红心猕猴桃是全县脱贫致富的支柱产业。我想，这世上的果可谓多矣，且各有其立世之本，行走之道，方圆之法。主人说了一句话："这两口子种的是良心果实。"

在这唯美的秋乡月夜我不由在心里说：珍惜今夜月光，珍惜这一颗红心。但愿我转身走出山中的时候，多年后我进山还能看见这些朋友。

江水潺潺

青竹江清澈、修长，青竹江两岸的村庄美丽安详。我的村庄顺水而居，有水就有灵气，有江就有活力。看见这青竹江，听见这水流的声音，一下将我的记忆拉回了过去。

放牛那些年，看见青竹江水慢吞吞流淌，我一个人是不敢在江边待的。黄牛在青竹江岸边的草地上吃草，我总是邀约几个小伙伴，在沙地上抓石子玩。黄牛很是聪明，见我们小伙伴玩着，它们就会跑进沙地庄稼地里偷吃庄稼。等江面上撑筏子的人大声吆喝："嘿——牛吃庄稼了。"我们一跃而起，用飞石赶出庄稼地里的黄牛。有孩子不怕筏子客，大声对江面的筏子客吼："喊啥呢。"说完，又唱起骂筏子客的儿歌："筏子客，滩上歇，那边湾湾里去不得。筏子客，吃不得米，吃了米，要沉底；筏子客，吃不得面，吃了面，要碰烂……"我怕筏子客，不敢开腔唱，感觉他们会像土匪一样靠岸，跳下来把我抱上筏子拉走，再也回不到青竹江畔。

我又非常喜欢这样的江畔，出太阳的时候，总能看得见白片子鱼在滩口的浪花里跳跃。那停在水面石包上的水鸟，娇小，羽毛翠绿，它贴着水面飞翔简直像个精灵。夏天我们可以仰天睡在石包上，看广阔的天空，也看江面那些筏子客脱光身子洗澡。我与夏天的江水感觉最近，有时候大起胆子把脚伸进水里，还会引来一群群的小鱼，它们争抢着用小嘴或身子触碰我脚丫子的感觉，让人心里痒酥酥的。还有江畔岸边有一丛丛的闷头花，开着紫色艳丽的花，成群的蝴蝶翩飞。

村庄位于江畔的山腰上，它跟这条江的关系是非常融洽的。江水静而优美的气质，以及日夜奔流的精神，都直接影响着这个村庄。于是，随水而居的我们醇厚、质朴。我们打量江水，我们欣赏江水，我们依恋江水。

但是青竹江变了，我看见青竹江岸边全民淘金的场景，青竹江水一下子浑浊起来，河坝里人山人海，机器轰隆，再也听不到江水流淌的声音。金门、摇篼、耙子、金锤、金盆等淘金工具统统被搬到江畔，更有抽水机、挖掘机开到江畔。河道被迫改道。人们见面说话，全得说淘金行话，"水"要说灰，"灯"要说是红，"吃饭"要说成造粉子，"撒尿"说成吊线子，"拉屎"要说成坐笋子。村里的乔大爷坐在江畔，抽着旱烟骂："一群龟儿子，这是造祖宗的孽。"这时候的青竹江日夜浑浊，沙地被占有，砂石裸露，岸边的青草地被覆盖。水鸟不见了，它贴着水面飞的影子也不见了。开始还只是青竹江畔，后来江畔的田地也成了淘金的地方，后来挨着江畔的树林说是有一条金线，也用挖掘机推倒树木，开槽子进去了。只要能够淘金，不管是田地还是树林，都统统放在一边。淘金改变了江水的秩序，改变人们对江水的依恋，改变了江畔的场景。我离开青竹江畔的时候，淘金者还在继续。江畔还演绎出两兄弟为争夺"红窝子"相互残杀的悲剧，这是江水永远无法预料的事情。

离开却不曾忘记，我永远记得青竹江的清澈，也永远记得青竹江的浑浊。这天，我接到乔大爷的电话，他邀我回青竹江畔。他在电话里说："青竹江变了。"回到青竹江畔，江面变得比原来开阔了，裸露于水面的卵石干净纯粹。沿江的一条自行车道随着江水蜿蜒而上，花花绿绿的自行车穿行其间，我好像是从睡梦中醒来，我又看见这青竹江了，又听见青竹江的水声了。紫色的闷头花一丛丛在江畔艳丽开放，水鸟回来了，贴着水面飞翔，尖尖的嘴巴，灵动的小眼睛像要说话。村庄还在山腰上，宽阔的公路修到家家户户门口，一栋栋小洋楼前是花果飘香的庭院。乔大爷迎上来，笑呵呵地说："怎么样，青竹江畔变了吧。"我激动得直点头，疑惑地问："村里不淘金了？"

乔大爷说："早不淘金了，多亏这几年的啥子生态修复。"

"大爷也知道生态修复啊。"

"这是为子孙后代造福的修复，我咋不知道。淘金淘不了一辈子，这绿水青山才是一辈子的事。"

天渐渐黑了，乔大爷说要给我一个惊喜。他邀我坐上电动小船，慢慢行进在暗淡的江水中，然后拿出钓鱼竿插在船头，四仰八叉地趄在船里。乔大爷说："村里不淘金了，生态好了，搞起了乡村旅游，比淘金还来钱呢。"我看着江边的村庄，好似枕着青竹江在睡，夜空中的星星不时闪烁。鱼上钩了，乔大爷拉上一条大大的白片子鱼对我说："知道你好久没有吃青竹江的鱼了，抓一条给你解解馋吧。"顿时我眼角滚烫。

城里小店

　　每天上班下班，我都要经过这家小店。小店在一棵小叶榕树旁，绿油油的树叶遮挡了店名，只有窗户玻璃上反射出"老家缝纫店"几个大字。

　　一天下班后，我不由得走进小店，一位精神矍铄的老人静静坐在一台老式缝纫机前，埋着头，花白的头发梳理得整整齐齐。她戴着一副老花镜，黑框的。她苍老的脸上，笑容安静地绽放。她手上的鞋垫已经绣出一朵花的雏形。她头也不抬，招呼我一句："随便看哈。"那声音温暖地落进我的耳朵里，像极了母亲的一句问候。

　　小店只有几平米，却收拾得很整洁，一排木架子上一字摆着小布鞋还有叠好的布围裙，一面墙壁上还挂有五彩鞋垫。一幅"中国梦，我的梦"的十字绣吸引了我，我静静欣赏着。老人依然头也不抬，说了一句："其实，每个人都有一个梦想呢。"我连声应和"是的是的"，随手拿过一双绣好的鞋垫看，一朵朵花绽放在鞋垫上，一块块十字格呈现在鞋垫上。老人把一生一一绣在这些大大小小的鞋垫上，像是一个个人的过往。

我拿过一双千层底布鞋，沉甸甸的，摸上去，那种厚重感让人不由得生出一份崇敬。我见过我的母亲做千层底布鞋，一张张白色的土布用面糊粘起来，粘两寸厚的样子，再剪成各式鞋样，然后用细麻绳一针一线地钉，钉好一双千层布鞋底，需要密密麻麻钉上两千多针。两千多个针眼，像两千多个密码，母亲要花十多个夜晚才能做好一双。母亲右手中指上戴着一枚铜顶针，针头吃进布底后，母亲用铜顶针去顶吃进布底的针尾，针尖露出来，母亲再用牙齿把针尖扯起来，这无数个针眼就是母亲反反复复钉出来的。母亲从鞋底用顶针顶出针尖，扯出一段段线头，有时用力过猛，线头"嘣"一声断了。断了，接上，母亲有的是耐心。"生活是需要耐心的，没有耐性，什么事也干不成。"母亲给我这样说。我端详着这一双双千层底布鞋，心里盘算着，做一双鞋需要十几个夜晚，这一字摆好的布鞋，需要多少个夜晚？我眼前这个老人，她把日子过得这么安静，这么平和，做好一双千层底布鞋，摆一双在木架子上，她为自己的小劳动由衷地满足、欢喜。这种欢喜有了超自然的意味，有了值得心灵默默领悟的深意。我恭敬地把拿在手上的一双千层底布鞋放回了木架子上，并深深回望了一眼。

我又从木架子上抖开一件布围裙，摊开一看，心里一惊：好精致的围裙。一张橘黄色的布裙，做成了双手拥抱的样子。围裙前面还有两个小口袋，雅致极了。系这样的围裙在身上，做一餐午餐或者晚餐，想起来都是满满的幸福。我问："这围裙多少钱？"老人抬头认真看着我，笑嘻嘻地说："厨男买的话，便宜了，三十元。"我笑着递钱给老人，老人满脸笑容地夸我："一个懂生活味道的男人。"我点点头，又摇摇头说：

"我给母亲买的，母亲喜欢。"

小店在一条热闹非凡的大街上，人声嘈杂，但老人要么专心绣着鞋垫，要么精心纳着千层鞋底，或者专注地转动着缝纫机，缝补一个拉链，改一条裤子。我时常走进这家小店，买回去的东西也许一直不用，却觉得是一种安心。有时即便我什么都不买，只要我走进小店，和老人有一句没一句地说几句话，心里也会像是被春风熨烫过一样，平展而安静。

一天，小店贴出一张告示，告知小店搬去了东城。我赶紧骑上自行车去找。一条街上，青一色的小店，有散发着木香的小木工店，有满屋子小背篓、小笋筐、小斗笠、小蒸笼的篾具店，还有摆着小铁锤、小锄头、小镰刀的铁具店，甚至还有一家旧书店。我走进"老家缝纫店"，老人一眼认出了我说："这街上人气旺，这街上全是小商小店挤在一起，这个城市好呢，还专门给我们这些小商小店腾出一条街来，没有嫌弃我们这些小店，让我们小店都经营得很体面。"

我推着自行车在街道上走过去，站在一棵小叶榕树下，看着那些缝纫店、木工店、篾具店、铁具店、旧书店，我想说什么呢，我激动着，为这个城市拥有这些小店激动，为这些小店的老板激动。我真想说，这个城市真好，有这么多小店。我还想说，一个城市的好，是给了每一个人体面周到的落脚地。我还想让家人来这条小街转转，说不定能够买到一些意想不到的小东西，我满心欢喜地骑车回家。

回到家里，我又有了新的愿望，哪天退休了，我也要去东城开家小店。

金色房子

我的家乡在大山沟里，自从我走出大山沟，便很少回去。即便回去，用母亲的话说，屁股还没把板凳焐热就要走。我在心里无数次问，家乡咋找不到童年时候的阳光和草地了，也找不到那时候的人气了，人都到哪里去了？母亲说："你们年轻人都到城里去了，剩的全是老年人，老年人咋守得住村子？"我已经不习惯住大山沟的土房子了，潮湿、阴冷，泛着陈旧的气息，让人忧伤感和孤单感加重。几次劝说，让母亲到城里住。母亲反而说，这房子离不得人，人一走，房子无主，就无魂了。

母亲住在竹坝村的吊脚楼上，一住就是七十多年。吊脚楼由祖辈建于五十年代，在平地上用木柱撑起，分上下两层。上层是正屋，建在实地上，一栋四排扇三间屋，中间为堂屋，左右两边各一间。厢房除一边靠着实地和正房相连，其余三边悬空，下层是猪牛栏圈或用来堆放杂物。这吊脚楼住了三代人，父母亲便在此结婚、生子。

四十多年前，我就出生在这个小山沟的吊脚楼上。记得我很小的时候，常趴在吊脚楼上透过木板缝隙，看楼下的黑猪和黄牛争地盘，黑猪终是争不赢黄牛的，黄牛一角甩过去，黑猪只好躲在角落了。母亲给黑猪喂食时，我从楼板的缝隙里看得见母亲甩手提猪食的样子，看得见黑猪乱拱猪食的样子，看得见母亲用猪食瓢打黑猪长嘴的样子。我的童年就这样在吊脚楼上度过。那时候能住上这样的吊脚楼，也算是殷实人家了，叫那些住土坯房子的人羡慕不已。

我十多岁的时候，邻居老杨家的老二结婚，老杨给老二分了两间土墙房子，新娶进门的新娘子我见过，雪白的脸庞，黑黑长长的麻花辫子，走起路来，辫子在她身后左右摇摆，好看极了。可是，好景不长，杨老二没能守住长辫子媳妇，人家嫌弃他家土房子掉渣，不热火，挤得很，自她进城打工再也没有回来。母亲说，没有房子，哪留得住人。杨家老汉更是一声又一声长叹："建个房子也不是一天两天的事呢。"

杨老二不服输，他说改革开放政策这么好，国家分田到户了，还修不起房子吗？杨老二起早贪黑，很快攒够了修房子的钱。那年，杨老二自己打屋基，自己平场地，自己码堡坎。一次，我放学回家，看他还在建房工地上忙活，我说："杨二哥，媳妇都跑了，修个房子干啥？"杨老二嘿嘿一笑："房子修起，媳妇就回来了嘛。"那年，杨老二在春节前建好了一栋四排扇三间正房带吊脚楼的房子。杨老二在新房子过的春节，买了鞭炮放得噼里啪啦地响。母亲说，看人家杨老二，有出息呢。一个人修了那么多房子，过去想都不敢想呢。杨家老汉更是沉浸在儿子修房子的喜悦里，见人就说，老二房子修起来了，媳妇就要回来了。

尽管因读书离开了这个叫竹坝村的大山沟，我还是能从母亲那得知，村里在一天天富裕起来，村里的房子也在一天天变美，一天天亮堂起来。

后来，我得知，黄家院子的土墙房子也拆了，黄家大儿子在上海当焊工，几年下来，修了三层楼的砖房子，这是竹坝村的第一栋别墅。黄家老汉天天夜里在楼顶搭个躺椅看星星。村里外出打工的年轻人多了，张二娃去了西安搞装修，慈兰去了北京当保姆，还学会了普通话。

后来，母亲告诉我："廖青你记得的，比你小，人家在新疆搞啥子劳务输出，都开上小汽车了，在村里修了一栋四层的小洋楼。那天，在村里办了好多桌酒席，放了好多烟花。"

再后来，母亲又告诉我："张老拐你认得的，人家也修房子了。张老拐得小儿麻痹症，腿上落下残疾，走路一拐一瘸的。人家承包了村里的茶山，办了一个黄茶加工厂，几年下来，自己把房子修起来了。"

母亲说："想想竹坝村这些年修房子的年轻人，真心为他们高兴啊，赶上一个好时代，那天，一算，都有二十六家了。这才几年的事情呢，变化这么大。"

我说："也有三十多年了吧。"母亲说："过去，是一辈子都不敢想修房子的事呢。"

只要竹坝村哪家又修新房子了，母亲总会在电话里和我讲。一天母亲在电话里兴奋不已地对我说："儿啊，我家房子都修起了，你还是回来看看吧。"我匆匆回家，一进竹坝村，我就看见原来一沟的土墙房子，全部变成了一栋栋的楼房，我一时缓不过神来，母亲简直是手舞足蹈，我从来没有见过她这么高兴，她说，这是国家的土地增减挂钩项目，拆了土墙房子，修新房子还要给补助，这是做梦都想不到的呢。前三十年，我们村修了二十六栋房子，今年一年，我们村就修了一百五十栋房子，活了七十多岁了，还能住上这么好的楼房。

那天夜里，我住在家乡竹坝村的小洋楼里，感受到夜风习习，聆听着山村那干净均匀的呼吸。第二天一早，我被一阵稚嫩的童音惊醒："田野里有一座房子，红的墙，绿的窗，金色的屋顶亮堂堂。太阳一出来，照得一闪一闪亮……"起来，一看，是杨老二家的孙子在跟着动画片唱儿歌，杨老二的媳妇还留着长长的麻花辫子，满脸喜色。

母亲后来又告诉我，竹坝村迎来了第一批到农村调研实习的大学生，第一次见到村里来了那么多的年轻人，感觉村子一下子年轻了。竹坝村还建起了卫生院，在外搞装修的张二娃回来了，村里看病吃药全是他负责埋单。慈兰、廖青他们都回来创业了。竹坝村还建起了旅游度假庄园，一到周末节假日，城里的人都到村里来度假……

我耳边又一次回荡起稚嫩的歌声："田野里有一座房子，红的墙，绿的窗，金色的屋顶亮堂堂……"我不知道如何将我的心情准确地告诉母亲，在我和家乡长久地离散之后，又一次被《金色的房子》的童谣缝合了。从吊脚楼到小洋楼，家乡的房子映照出了祖国的飞速发展历程。

山乡篾匠

在秦巴山区深处，袅袅炊烟升起的时候，背着竹背篓，头上缠着青布巾的篾匠便开始在崎岖不平的山路上走村串户找活路了。

清晨，浓雾笼罩着山村，有人进村，狗最先嗅到味道，狗像是山村的一个门铃。人到，门铃就响。一阵狗吠，叫得浓雾一坨一坨往开里化。"编竹篓篓、竹背篓，补竹——晒席、竹——撮箕喔。"狗吠声里，一听就是篾匠手艺人上门了，赶紧端着饭碗迎出来，吼住狗叫，应承着："快屋里坐。"篾匠放下背篓，同主人坐在一条长板凳上，主人向篾匠递上纸烟，朝霞的斑斓里有了浅浅的影子。篾匠眯着眼睛，淡淡的青烟遮住了他沧桑的脸庞。他走过去拿起立在街沿门上的烂了一个洞的簸箕，眯着眼睛说：我来补补。

主人指了指屋后的一片毛竹林，篾匠拿上砍刀选了一棵竹子，砍倒，拖到院坝里，用锯子锯短，再用篾刀把竹子剖开。剖成指头宽的竹片，再换篾刀起成细篾。细篾起好后，还要反复用篾刀刮平整。这时候，整个院子都是竹子的味道，柔软、清香。细篾刮好后，篾匠在背篓里找出他的宝贝东西，摇晃着头说："这是篾舌。不要小看它，小东西派大用场，修补旧洞全靠它。"篾舌，是一条长十几公分、宽一两公分的扁铁条，一头平一头尖，尖的一头镂条小沟。只见篾匠左手把篾舌穿过密实的编打层，右手把进补的篾片从篾舌上面的口上插入，左手抽出篾舌，把进补的篾片乖乖地带过来。一会儿，烂了的簸箕就补好了。

"竹子生来不为强，荒山野岭都能长。篾匠师傅买了去，做成物件用途广。做把竹椅放门堂，夏日炎炎好乘凉。起青削黄做凉席，铺在床上四方方……"这曲调熟悉，像山歌一样飘在山沟沟里，这让我想到了曾为我家扎过蒸笼的哑巴篾匠。

哑巴篾匠是父亲请来给家里扎蒸笼的。他唱不出山歌，山歌在他心里。八十年代在山村，一副蒸笼是相当值钱的家当了。那时家里过年蒸蒸馍，母亲要到邻村去借蒸笼。一年冬天，父亲一咬牙请哑巴来扎一副。

初冬的阳光刚跃出山头，一抹阳光跟随哑巴篾匠进了我家院子，他佝偻着身子，背着背篓，背篓放在街沿的时候，他身子从背篓下钻出来，"嘘"出了一声长气，他嘴里一边"嗷嗷"说着含混不清的话语，一边用手比画，和父亲交流。父亲说："慈竹就在屋后呢。"哑巴篾匠从背篓拿出砍刀，去竹林里选竹子。我跟在他身后，帮忙扛砍好的竹子。哑巴篾匠"呀呀呀"夸我。我笑，他也嘿嘿笑。

把竹子扛回院坝，父亲已经在院坝里生起了一堆柴火，柴火旁煨着一壶老鹰茶，父亲对哑巴篾匠说："茶水煨上了，渴了就喝。"哑巴"啊啊"应承着，点上一杆叶子烟，含在嘴里，开始忙起来，从锯开始，又经过剖、拉、撬、削、磨、刮等工序，一根根竹子变成了蒸笼格的竹片，变成了蒸笼盖的篾条，变成了蒸笼的外框篾……老鹰茶"噗噗"冒着气，我添了几次水，也不见哑巴篾匠喝，倒是那杆叶子烟袋他一直没有离口，吧哒吧哒咂吧着，辣辣的烟味，很浓。

哑巴篾匠歇气的当儿，我把玩过他的叶子烟袋，一个青瓷烟嘴儿套在铜烟杆上，烟锅也是铜的，拿在手上沉甸甸的。我衔在嘴里一试，一股叶子烟的辣味。我默默看着哑巴篾匠佝偻着身子在一堆竹子间忙上忙下，我隐隐觉得，哑巴篾匠心里有多强大，藏着他多少没有说出来的话。他静静看着我，说出了一句"啊啊啊"连接不起的话语，但从他阳光温暖的表情里，我读懂了一些，他也许是说，做人就要像这竹子一样挺直有用。

哑巴篾匠背篓里有许多家伙什儿，弯刀、锯子、撮子、拉钻，还有用竹子做的各种小狗、小竹塔、小虫子等玩意儿。弯刀是给剖开的竹子里面拉上口子用的，长长的手柄一头放在右肩上，弯刀那头用手按住使劲往胸前拉，剖开的竹片上留下一道道口子。哑巴的身子一弓一起，像是在读大地这本厚重的书，像是在记录只有他才能懂的文字。锯子是用来锯竹子长短的，一锯子下去，细细的竹屑撒在土院坝里，引来一群蚂蚁排着长队，叼着细竹屑"嗬哟嗬哟"往洞口爬。哑巴篾匠不会理会那些小虫子，可我蹲在地上，一玩就是一上午。撮子是用来撮竹节头的，剖开的竹子，把里面的节头剔除，需要这锋利的撮子一点一点撮出来。我有空就往哑巴篾匠的背篓里瞅，总想看那些小玩意儿。可是，哑巴篾匠不喜欢我靠近他的背篓，一靠近，他就开始"啊啊啊"喊叫，一次我立在他的背篓旁，问他："叫个啥呢？"他先是"啊"一声，然后从嘴里蹦出几个字："这——球——用。"然后又是一连串"啊啊"声，比画示意我去看书。我笑了笑，懂了，他是说："篾匠是没有多大出息的，读书才会有出息。"我站在初升的朝霞里，给他朗诵了《杨家岭的早晨》，他衔着青瓷叶子烟袋，眯着眼睛，望着红彤彤的阳光，眼里满是欣喜的光芒。他"啊啊啊"表达着自己的激动和赞许。

一切准备好了，哑巴篾匠把柴火生大，他要把准备好的竹片放在火上烤。烤好一面，再烤另一面。这时候，他有空歇气了，他蹲在火堆旁，大口大口喝着老鹰茶。有时，也随手用那些零碎的细竹丝，三下两下就编织好了一只蚂蚱或一只小狗递给我。那时候，我觉得篾匠师傅是那么神秘，他"啊呀"的言语，都有了某种魔力和韵调。

烤好的竹片滚烫，哑巴篾匠要趁热拉成圆圈。他用厚布垫上，一头拉在手上，一头踩在脚下，使劲拉手上的竹片，脚顺势移动，最后把拉过的竹片两头接上，用木夹子夹住。再用脚踩住竹圈，用手往下压不平的地方，反复几次，竹圈更圆了。拉好一圈，再烤另一竹片，再拉，再烤。接下来，用棕绳固定连接处，打眼装上手柄，然后装内圈，做蒸床，做蒸盖。蒸床最讲究，着床的竹片隙缝小指那么宽，窄了，蒸汽上不来；宽了，气全跑顶上了。这时候，篾匠师傅要吸上一口叶子烟，在心里琢磨，没有固定的隙缝尺寸，一切尺寸都在他的心里。用篾刀砍一口子下去，顺着口子剔开一隙缝。好了，就是这样一个尺寸的隙缝了。

三床蒸笼做好了，哑巴篾匠依次把蒸笼码好，盖上蒸盖，圆圆的蒸笼坐在院坝里，敦厚、朴实、贴心。哑巴篾匠长长出了一口气，对着远处的山峰"啊啊"吼起来，他吼的是，竹子生来不为强，荒山野岭都能长……起青削黄做凉席，铺在床上四方方……吗？没有人知道，山谷回荡着"啊啊"的回声。

蒸笼扎好了，那一年过年，我家蒸的蒸馍格外香甜。哑巴篾匠走时，从背篓里拿出一个小竹塔送给了我，好多年后我才看清竹塔下还刻有四个字：好好学习。我一直珍藏着哑巴篾匠给我的这份美好祝福，只要我坐在书桌上看到那小竹塔，那份美好和温暖便迅速笼罩了我，心里不由得燃起一种炽热来。

春天弥漫

　　老刘的楼兰地毯厂紧挨城市湿地，两座仿古楼房坐落在小山坡上，远远望去，飞檐走壁，真有"鸟向檐上飞，云从窗里出"的感觉。登楼俯瞰，两千多亩湿地尽收眼底，阳光在如梦如幻的水面上闪烁，深邃，清亮。轻风过后，嘉陵江碎浪微起，翡翠一般。

　　这里没有机器的轰鸣声，静谧与这一片湖水匹配，与草木气息相融。一到春天，老刘厂里人山人海，人们在这里品农家宴、体验手染工艺，抑或几个人围坐在廊道上喝茶。品一口茶，看一眼湿地的水，一壶茶喝完，一上午的时光已不再。来这里的人，不管是公干的，还是雅玩的，都会被老刘邀请去看他的手工挂毯展示厅。不看不知道，一看都啧啧称赞，人在此间，心绪会被这一件又一件的手工艺品澄清。

　　老刘带我来到了印染房。推开门，见到一位扎着围裙的女工。老刘介绍到："小罗。"小罗点点头，微微笑着。

　　小罗带着我围着染料走着，她熟练地介绍着染料的名字：蓼蓝、茜草、红花、苏木、栀子、槐花、郁金、黄栌、鼠李、紫草……我惊讶她能认识这么多染料。她笑着说："开始也不认识，当把不同染料弄成不同颜色，就深深记住了。"她说，"这真是一个神奇的过程。把不同染料一块一块装进不同锅里煮沸，再煨一小时左右。看着染料在锅里慢慢变成黄、橙、蓝、红、绿、褐等不同颜色，心里那种兴奋被一点点激发出来。"

小罗顺手递给我一副她亲手制作的榻榻米垫子。她骄傲地说："这种垫子在市场上很容易买到，但机器成批量生产的垫子上面浮着一种机器和化学制剂的味道，没有自然沉着的分量和沉香。手工制作出来的垫子瓷实，拿在手上有凸凹感，坐在上面犹如坐在天然的、柔软的草堆上。"

我把垫子拿在手上，小罗娓娓道来："这东西也是有灵性的，用手指一按，凹进去的部分很快又恢复起来。或是用手掌捋过去，再捋回来，光彩度都是一样的。机器生产的垫子则达不到这种效果。这也正是手工艺品的魅力。"我轻轻用手掌试探地抚摸着我手掌上这幅叫《春天里》的画面，柔软，细润，像婴儿的皮肤一样。再看画面上流动的水面，跃动的光影，萌动的花草，都是栩栩如生。

小罗继续说："老刘这里就是一试验场，古时的造色过程我都实验过。"《天工开物》："凡造淀，叶与茎多者入窖，少者入桶与缸。水浸七日，其汁自出。每水浆一石，下石灰五升，搅冲数十下，淀信即结。水性定时，沉淀于底。《齐民要术》又载泡制红花染料的工艺，其大意为，先捣碎红花，略使发酵，和水漂洗，以布袋扭绞，放入草木灰中浸泡一些时间，再加入已发酵之粟饭浆中同浸，然后以布袋扭绞，备染。"我简直惊呆了，不知该说些什么，心里充满了敬畏。我俯下身子，伸手在染料里搅动，染料光滑如缎，明洁如眸。与之对视，我似乎看见了岁月深处闪烁的无数身影。

小罗一边和我们说着话，一边熟练地搅动染缸，直到缸里生起晶莹的泡沫来，然后把丝线放进染缸里，让其慢慢着色。此时等待是一种享受。丝线在大口径的土染缸里嘶嘶冒着小气泡，反复浸泡几次，把着色的丝线拧干晾晒在竹竿上，慢慢地各色染汁渗出来，滴落在地上，绽出各色花样。丝线的颜色在空气中发生物理反应，变得异常鲜艳。这时，小罗额上渗出一点细汗，满脸通红。她走出染坊，湖光潋滟，光影晃动，她站稳身子，感叹："多么艳丽的色彩。"轻风拂面，摇动五彩丝线。

转完了印染房，老刘又带我来到了另一栋房子，六十多平米的房间里，三个女工正坐在架子上看图编织挂毯。小罗跟在后面说："别看厂里人少，好多人都在家里生产呢。"

老刘笑着说："只要工人愿意，在家里生产也可以，生产好了，再把成品交回来。"

我站在一女工身后，看她娴熟地绕边、过头纬、拉绞……一幅八平尺的挂毯已经完成一半。我问："这一幅挂毯需要多长时间？"

"两个月吧。"老刘说，"还得是熟练工，她已经在这里干了二十多年了。"

此时女工正在编织一束花，需要用不同层次感的丝线来完成。女工很仔细，她快速地把身后不同颜色的丝线一遍又一遍地拉过来，编织在挂毯上。小罗笑着说："这活儿考验心性。别看她们什么也不说，可心里有数呢。"我看着那精美匠心的蓝图，看着绷得密密麻麻的丝线，心里一阵惊叹，这需要多大耐力呀！厂房的墙上写着生产挂毯的上百道工序，仅编织工艺就有三十多道工序。

在成品展示大厅，老刘指着一件名叫《回家》的作品，只见牵着毛驴回家的老汉的身后有一条若隐若现的小路，老汉的胡须清晰可见，老汉的眼神更是深邃神秘，暗藏着生活的苦乐。老刘骄傲地说："这是一名大学生的作品，已经让日本客商高价订购了。"

老刘喜悦地说："这个春天，我又发展了五十多家家庭生产车间。"老刘像是又完成了某种使命，满脸欣喜。

我抬眼望出去，紧靠湿地的一大片桃花开得烂漫，白芨也冒出星星点点的紫花，小树林也绿了起来，水鸟和水鸭在江水里渐行渐远、渐行渐远。我心里喊了一声："啊，春天真美！"

低处是草

一

大热天，老张背着喷雾器，在乡村道路上喷洒除草剂，空气里弥漫的尽是刺鼻的农药味道，附近树上的蝉受不了，"吱"一声弹出树枝，飞远了。道路边上的一户农家走出一位老人，他在门口转悠了几次，而后先是进门把门"哐唧"关上，一会儿又"哐唧"打开。老人终于忍不住了，对着老张吼起来："草挡你们啥子路了，要把它整死？"

老张没有理会老人的质问，手持喷杆仍旧在草中间摇过来摇过去，白色药水从喷嘴喷出来。老张虽戴着口罩，但他不屑一顾的表情还是被毫无保留地暴露出来。首先是他的眼睛，眯成一根线，眼角向上扬。其次是他手持喷杆，加快了摇摆速度。

老人手捂着口鼻，向前走了几步，提高声音吼道："杂种，草长得好好的，吃饱了莫事干吗？"

老张一把把口罩扯到下巴，说："你不要骂人，也不要吼那么大声，这不是乡村振兴清洁村庄行动嘛，先臭后美嘛。"

"乡村振兴，就是不要一根草吗？"老人的语气强硬。

"不该要的地方，就不能要。"老张还是没有发火。

"懂个什么，该长草的地方就要长草。"

老张没再理会老人。老人捂着口鼻在道路上走来走去，喃喃地说："多好的草啊，狗尾巴草，车前草，白茅草……"随后，他一屁股坐在道路的草丛里，说："老子就坐在这里，你有本事，连我一起整死算了。"

老张背起喷雾器，走了，骂了一句："倔驴。"

老人坐在草丛中，喃喃自语："这些草呀，救过我们村里人的命。白茅草蒸的馍馍，老一辈人哪个没吃过，还把这些草整死。"

一个人竟袒护起这些草来？我好奇地走过去，问："这些草除了，不好吗？"

老人站起来，将我上下打量一番后问："你是城里人吧？"

我点点头。老人说，"草都不长了，人咋活？"老人顺手扯了茅草根含在嘴里，示意我尝尝。我也扯了茅草根含在嘴里轻嚼，淡淡的甜味，我说："甜呢。"

老人褐色的脸上布满皱纹，阳光在他的皱纹间轻轻摇晃。我和老人坐在一棵茂密的树下草丛里，他向我讲述了他自己的过往。

二

我娘常说，无论是人还是草，在土里刨食，都不容易。我娘还说，她就是草籽命，撒在哪里就长在哪里。

娘十八岁跟我爹成亲，二十岁生的我。一年秋天，娘带我去山里割草。那座山在我们家背后，要爬四五里远的山坡。娘割草，我躺在茅草丛里晒太阳，茅草在风里一浪又一浪，随风摇摆的阵势异常壮观。我躺在阳光里，耳旁是细细的风，眼里是连绵起伏的山。娘边弓着腰割草边说，"多好的草啊，你压在它们身上，它们多痛啊。"我"腾"一下从茅草堆里弹起来，身下的茅草也弹将起来，我说，"你割它们不痛啊？"娘说，"草喜欢着呢，草是越割越长得欢呀。"

我看着满山坡的野草说："这一山的野草，要割到啥时候去了。"娘说："山看起来大，其实，慢慢走下来，它就小了。"娘挥舞着镰刀，一边割草一边又说："我让你跟着我上山，是让你看看这些草是咋个回家的呢。"我说："娘你哄人，草哪里有家呢。再说，草也没有腿杆，它们咋回家呢？"娘笑笑说："你看，把这些草割回家，我们的家也是草的家呢。你想，我们睡觉床上垫着草，走路脚上穿着草，生火做饭要用草，生病用药要用草。"我想了想说："原来，草这么好。"

娘已经割了一大堆草，狗尾巴草、黄茅草，杂七杂八一大堆。娘坐在草丛里，秋风习习，阳光金黄。娘用茅草编了一只蚂蚱递给我说："闻闻，有没有啥子味道？"我抽了抽鼻子说："草的味道，草的一种香味。"娘说："天地之间的草，和人一样，都有自己的味道呢。"

我家房前屋后的野草遍地，薄荷、灯芯草、野水芹、车前草、野菊花等到处都是。我印象最深的是狗尾巴草，长在路边，一到夏天，它们伸出小手，在风中挥舞。一遇上个头痛脑热、伤风咳嗽、身上起疹子，娘就在遍地野草里采些管用的，熬成药汤，喝几次，小毛病就好了。一次，我头昏眼花，母亲在屋后采了些狗尾巴草，熬成浅青的汤药，让我喝了一大碗。那味道，有泥土的涩，青草的凉，野果的绵。对了，还有阳光的甜。当然，也有娘的味道以及娘的手温。

那时候，这些野草就这么灵光，热热闹闹地长着，猫呀狗呀，也都异常喜欢在野草里玩，可惜现在村里人不养猫和狗了，连猪鸡都不养了，要吃肉直接到街上去买就是了。乡村的空气里飘着孤单的气息。连狗尾巴草也都孤单起来，和娘孤单的坟头差不多。

娘在世时常说，人要像草一样不吝啬。一次，大年三十村里来了个讨饭的。走了一村，没有讨到一点吃的。来到我家，娘赶紧让那人坐在桌边，娘说，就是多一双筷子的事。那人感激地眼泪汪汪同我们一桌吃饭，娘说，大年三十，上门是贵客呢，快吃，吃饱。吃完，娘又给他带上一些吃食，娘知道讨饭的家里人还在等着呢。讨饭的连连点头致谢，娘说，人，哪个没个为难的时候。

娘苦了一辈子，有两件事情让人听了十分难受。有一次，娘强挺着感冒走四五里山路去砍柴，哪晓得她不小心，脚下一滑，竟从山坡滚了好远，当时她就昏倒了。最后，还是一在山上放牛的把娘背回家，给娘熬了草药，娘才恢复了过来。事情过了好多年，村里人见到我常说我娘命大。另一次是村里修大堰，娘同村里的男人一样出工，几天下来，娘的背脊肩膀都磨烂了。肩上的衣服和血肉粘在一起，娘痛得直掉眼泪但娘却没有喊一声苦和累，她还说，想着大堰修好就有水能浇灌庄稼，身上就有使不完的劲。

每次，去山里看见那已经干枯的大堰，我仿佛明白了娘瘦弱身子里饱藏的一种东西。——像草一样的力量。

　　我记得非常清楚，娘在床上已经躺了好多天了，我背起娘在村子转悠，娘看见山坡上的那些红柿子和野草，轻轻说，柿子——甜了，草也——黄了。我泪水"哗"一下流下来，不知说什么好。在村里转了几圈，娘在背上轻轻对我说："采些狗尾巴草，熬成汤，喝一口吧。"我赶紧把娘放在院子里的木凳上，娘点点头，我提起锄头到山坡上去挖狗尾巴草。等我把狗尾巴草挖回来的时候，娘栽倒在木凳下，永远地离开了，她最后一个愿望竟然落空了。当时我拿着一把狗尾巴草，千万斤般沉重。我专门采了一些狗尾巴草草穗，一边哭着一边撒在娘坟头。

　　娘离开了，狗尾巴草每年都如期生长，每年见到它们，宛如一切刚刚发生。娘说过，她就是草籽命，撒在哪里就长在哪里。

三

　　爹和娘不同，爹与草较了一辈子劲。就是冬闲，爹也要耕冬地，把长在地里的枯草耕了，埋在地里。

　　夏天，爹在黄豆地里扯草，火辣辣的太阳燃烧着。爹蹲在黄豆地里，一把一把扯杂草。杂草铆足了劲，压制着黄豆苗的生长，肥猪苗、酸酸草、狗尾巴草、狼巴草、铁苋菜、香薷、水棘针、柳叶刺蓼、鸭跖草、苘麻、菟丝子，一听杂草的名字，没有一个是善仔。一丛丛，一片片，黄豆苗挤在中间，气都喘不过来。爹走进黄豆地里，骂那些杂草，"才几天，又长起来了，狗日的草，还除不尽了呢。"骂归骂，爹也没有想要把那些草除尽。爹说，草都不长了，还长什么庄稼。

　　爹彻底明白自己较量不赢一株草是在一年秋天。爹在山坡上犁地，黄牯牛在前，爹在后面像往常一样哼着山歌。山坡上一头花牛在吃草，哞哞叫两声，原本平静的黄牯牛竟扯起犁辕跑向山坡。掌着犁辕的爹一下被扯滚下山坡，爹的右腿当时就摔断了。爹躺在山坡上一个劲骂黄牯牛。爹在村里医生那里用木板夹子固定住断了的腿杆，再敷上捣碎的草药，三天一换。从那以后，爹记住了好多草药的名字，他说，三七茎像小脚母亲的脚掌。锯子草止血。艾叶有浓浓的草香。伸筋草茎和枝条都是绿色的，长着细细的毛，没有叶子。透骨草开蓝紫色的花。淫羊藿开小白花，叶子四周有小刺。还有川芎、丹参、续断、地黄、桂枝、苏木，等等。爹说，人有千千万，草有万万千啊。

爹说，种了一辈子庄稼，锄了一辈子的草，与草较劲了一辈子。那两三个月，只见爹坐在院子里，他从来没有似现在这般安静过，任身旁的一群鸡追逐打闹，几只狗进进出出叫嚷，娘大声小声抱怨，爹总是一声不吭。不骂鸡，不撵狗，不吼娘，静静看天，静静望远方。看累了，最多拄着拐杖，走出院子，又去小路上眺望。有时候，树叶一片两片从树枝上飘落下来，爹都要望上好半天。有时候，爹望着槐树丫上的鸟窝出神，我猜他是在听那些鸟儿在说些什么。有时候，爹看着那些赶场的蚂蚁发呆，心疼小家伙们搬着比自己大几十倍的东西爬坡上坎。

从此，与草较劲了一辈子的爹与草和解了。

四

"城里人，贵姓呢？"

"免贵姓李，你就叫我老李好了。"

"老李，来抽支烟吧，我自己用这些野草卷的烟，你尝尝。"

说完娘和爹，我也来摆摆我自己吧。我也和草打了一辈子交道。天地之间的草没有一株是坏草，每株草都有用。

自然界是缤纷多彩的，我尝试把它们的颜色都染出来。

我把这些车前草、小蓬草、藿香、薄荷、巴茅草采来，用清水和明矾浸泡十来分钟，捞起把水控干，加少许清水，放进破壁机里打碎，然后用滤网把杂草汁滤出。这是最简单的染料了，染出的布有草的味道，怎样形容它的颜色呢？有一点绿，又有一点点浅蓝，还有一点泥土的土灰色。我叫它土草色呢。

还有一种染料，是用常春藤的枝和茎，将它们在水中煮沸，能制成黄棕色染料。杜松果是蓝色的吧，水中煮沸能制成漂亮的棕色染料。枫树叶子煮沸，可以制成那种红棕色染料。松树皮煮沸，制成了浅棕色。连翘的花朵煮沸，制成了深棕色。红辣蓼认识吧，长在水沟边边，淡红色花穗，把叶子采来，古书上说的"热时一宿，冷时两宿"在水中浸泡。过滤浸液，加石灰水搅动，沉淀后成蓝靛。锯子草应该也认识吧，身上有倒生小刺，根挖来，洗净，水中煮沸，能制成暗红色，我叫它土红色呢。栀子果实压碎，冷水浸泡过夜，软化后加火煎煮，过滤后成了"栀子黄"。还有一种花，白白的槐花似开未开白米状时采来，煮沸成了橙黄色，还耐阳光，我叫它阳光黄。

老人越说越兴奋，眉毛眼睛都是笑。

哎呀，还有一种简单的染法，把植物的叶子采来，直接在布上拓，用小木槌敲打，把植物叶子的汁液敲打在布匹上，布匹上印着各种植物的叶子。浅绿浅绿的三叶草，铁灰色的枫叶，层次分明的香樟叶。这适合一对男女来做，一个人做，一个人看。做好，把小手绢递过去，一叶草香，一叶情意。

老人咂吧着最后一口烟，仿佛年轻了许多。

当然，把布料进行各种绑扎，也会染出不同图案。把方巾一卷、一折、一拉，然后在染缸里浸泡，小方巾上出现鱼鳞纹。把小方巾简单一抓，然后用橡皮筋扎紧，等染出来之后，就是层层叠叠的云层。这种扎染法，心境和动作一起，都能生动呈现在布匹上了。一朵云，一朵花，全靠自己心境和动作的融会贯通。这就是染坊的魅力。

说了这么多，走走，看看我的染坊去。

跟随老人来到一处老房子，老人推开门，映入眼帘的各种布匹让人眼花缭乱，染缸里静窝着一汪蓝湾、一坛白云、一缸红花，人影摇动，霎时恍惚。

老人说，这就是草的魅力，这就是草的骨血，这就是草的魂魄。

第二辑　如花在野

桃花命，落英飞

红三月，桃花开。三月里，桃树开花最美，没有树叶，只有一树花，像一树火红。

三月出生的人，说是易交桃花运，父亲三月出生，那一年三月，乡里桃花开成一片，父亲交了一次桃花运。

那时，父亲在县城文化馆上班，每周末才骑自行车回到乡下帮助母亲种地。父亲是文化辅导干部，热爱写诗。那年代流行写诗，什么朦胧派、先锋派、大学生派……流派层出不穷，很是热闹，也容易受追捧。母亲不懂诗，也不识字。父亲在城里写诗，母亲在乡下种地。我是家里的老大，在邻乡中学读初中，也是每周末回家。父亲偶尔会带回家《诗刊》《星星诗刊》《诗歌报》《诗潮》《诗林》等杂志，我有时会偷偷翻出来看。有时看见父亲的诗歌手稿，就偷偷读。印象里读过一首名叫《麻雀》的诗中有这么一句："现在乡下麻雀少了，姑娘也少了。"读后好多年我都不曾忘记。我爱上写作后，还以《麻雀少了，姑娘少了》为题，写了一篇散文。

那年三月，我照例翻看父亲带回的杂志，我好奇地"噌噌噌"拉开父亲放在木桌上的精致的有拉链的公文包，包里别着一个紫色信封。我迫不及待打开信封读起来，越往下读，心跳得越厉害，好像一下子要跳出嗓子眼。我咽了一口口水，终于把一封信读完，而后我涨红了脸，我有一种想哭的感觉，因为信是江南一个叫桃的女诗人写给我父亲的，这封信的大意是，江南春天已到，桃花红遍。自在改诗会上相见，就有了一见如故的感觉。读了诗，更有了一种春花绽开的冲动……信中还夹带着一朵桃花，桃花的艳红染了信纸上的字，像隐约印在纸上的一朵桃花。虽然我春心还未启动，但我认定这是一封地地道道的情书。我顿时心生气愤，父亲仗着母亲不识字，竟然把情书带回家。

我和两个兄弟站在吊脚木楼上不知所措，从木窗户望出去，父亲在田里挖着土豆窝，母亲在往窝里丢种子，没有一点异样。可我心里有一种隐痛，父亲的诗与母亲的地相距十万八千里。停下来的时候，父亲把一罐水递给母亲，母亲一仰脖子，喝了一个痛快。母亲笑笑，把水罐递回给父亲。

我说："父亲不像是个骗子吧。""骗子看得出来吗？好骗子都看不出来。"二兄弟说出了至今仍有哲理的一句话。

父母亲劳作的田坎上就有一树野桃树，花开得正艳。桃树在风里摇一摇，摇落满地桃花瓣。父亲望着那一地的桃花，肯定想写一首诗，肯定也想到了那个江南叫桃的女诗人。

于是，我和两个兄弟商量撕了那封信，断了父亲的念头，可是觉得要不得。那把信藏起来，让父亲永远找不着，这似乎也要不得。最后，我们商定，在信纸的背面由我写上一句话："嘿嘿，干啥呢？"这句话像母亲说的，给父亲敲一下警钟。这字写得歪歪扭扭，像母亲扯回的晾晒在地上的干草。"别忘了乡下的干草惹着了也会燃遍山岗。"写上这两句话后，我把信装回紫色的信封里，我狂跳的心也一同装了进去。

谁知，过了好些天，满山岗的桃花都谢了，山岗已经是翠绿一片，也不见父亲有什么异样。父亲和母亲照例相处得很好。后来，我读到白居易的《大林寺桃花》："人间四月芳菲尽，山寺桃花始盛开。长恨春归无觅处，不知转入此中来。"也许，江南的那一枝桃花只是无意间闯入父亲的视线。

自古以来，中国文人都喜以桃花作诗作文，陶渊明的《桃花源记》中"缘溪行，忘路之远近。忽逢桃花林，夹岸数百步，中无杂树，芳草鲜美，落英缤纷，渔人甚异之"的桃花林编织了一个流传千古的乌托邦。人们都羡慕拥有那一片桃花林，父亲也不例外，或许在父亲心里还有着更隐秘的心思。尽管他在县城文化馆上班，但也不影响他对桃花林的向往。那一年开春，他在山里挖回几株野桃树。山里的桃树在春天的时候会越过其他树木呼之而出，开得鲜艳而热闹，点缀在山岗上。桃花开得正盛时，我躲在桃树下享受过初春的阳光。碗口粗的桃树，满枝头的桃花，桃树下听得见花蕊绽放的声音，满树的蜜蜂疯狂般嗡鸣。春风摇曳，桃花瓣飘然落在我的头上。意想不到的是，许多年过去，我无意间还会心口发痛地想起那株桃树下的时光。

父亲把挖回来的四五株毛桃树栽在木屋前，避开深山其他树木的遮蔽，毛桃树于木屋前长得放肆，一到春天，一树树桃花开得正旺，母亲便会端上小板凳，坐在桃树荫下专注地绣鞋垫。母亲绣的是一朵一朵的桃花。

　　父亲回家看到这情景，憨笑着说："桃花真美。"

豆角花，篱落底

一个黄昏，我在乡村的小路上闲逛，小路上长满荒草，视线穿过茂密的田野，黄昏里的乡村是那么安静。没有牛群、羊群跑动，没有狗吠声声，只有炊烟袅袅升起，我孤寂地站在乡村小路上。

就在我要离开乡村小路的时候，猛一回头，看见靠近小路旁一地的豆角秧正热热闹闹地开着紫色的花，嘴里还含着晶莹的露珠儿。

我被乡村这最朴素的花儿深深吸引住了，我就这样远远地盯着它们笑。随后，我又走近它们，禁不住伸出手逗了逗它们的花骨朵儿。我又窘的缩回手，这一小巧可人的人间尤物，怎容我这样粗鲁地触摸？静静望着它们。紫色，淡淡的紫色。就在我触摸的一瞬间，它们脸上泛起了淡淡的红晕。仔细一看，我惊讶了！它们好似长有长长睫毛的一眨一眨的眼睛，每一朵豆角花都是一只眼睛，清澈、单纯。它们在黄昏里那么明亮，我突然感到自己竟是那么无知。

它们调皮地眨着眼睛，像是在问我："你是谁？你想干什么？"

我也很迷惑，我是谁？我想要干什么？这两个问题我几乎天天都在思考，可我真的不知道该如何回答。特别是现在，面对乡村的豆角花。

我是谁，我能只简单地说我的名字吗？我想干什么，我能给豆角花说我是回家来了吗？

我猜不出这一地的豆角是谁种下的，但我想大概是一位母亲在一个早晨或者黄昏，她扛着锄头，担着水桶，从这条小路上走进地里，开始埋头锄地。锄完地，她蹲在地里，把那些土疙瘩捏细。那些土一定感受到了一位母亲的手温，感受到了一个母亲的气息。然后，在平整好的地里点上窝子，每窝点上一两粒豆角种。等那些豆角发芽时，那母亲开始给豆角秧搭架。又是一个黄昏或者早晨，那母亲走进豆角地里，开始为豆角秧引蔓，用手轻轻将豆藤绕在竹竿上。一苗一个竹竿。那母亲捏豆角藤蔓的手一定很轻、很柔，那豆角苗也一定感知到了。

我猜不出那位母亲是以什么样的心情走进这块豆角地的，但我可以想象她走进一块庄稼地的情景。一朵豆角花先是看见母亲进到地里，它马上通知了所有的豆角花："母亲来了，母亲来了。"所有的豆角花都眨着眼睛，绽开笑脸，乐呵呵地望着母亲。

究竟是哪一朵豆角花最先发现母亲的呢？是靠近路边的那一朵，还是地里最里边的那一朵？它们有分工吗？哪一朵等候，哪一朵守望，哪一朵迎送？我还想到，一位留在村庄的母亲，只有这些豆角花能将一位独处的母亲照亮，也只有这些庄稼能实实在在地陪着一位孤独的母亲。

想到这些，我猛然醒悟，刚才那豆角花哪是在对我微笑，它们是在嘲笑我，一个找不到回家的路的人。

黄昏过后是夜晚，我看见一个母亲站在村庄的路口，望着洒满月光的小路凝望。那一地的豆角花也眨着明亮的眼睛，陪着一位母亲凝望着小路。起雾了，母亲的眼睛湿润。那一地的豆角花在雾中闪烁，一明一暗。

　　这时，夜已深了。一位母亲在夜色里凝望小路的尽头，永远地镶嵌在了我的心上。

槐花满，松子落

　　五月，蓝天之上碧空万里，大地之上槐花浓郁。槐花入诗格外香，正如苏东坡的"槐林五月漾琼花，郁郁芬芳醉万家，春水碧波飘落处，浮香一路到天涯。"古代文人以槐花入诗者不可计数。如韦庄的"长安十二槐花陌，曾负秋风多少秋。"又如白乐天的"人少庭宇旷，夜凉风露清。槐花满院气，松子落阶声。"这诗中的槐花不免有些悲凉，诗人在人烟稀少空旷的夜晚里，看见枝条上的露珠清澈欲滴，槐花的香味充满庭院，松子落在台阶上的声音也格外清晰。要是在五月的夜里，一个人置身在槐花的香气里，享受那种纯净和安宁，真是一种福分。如今，我们置身喧嚣的城市，就像元好问在《伦镇道中见槐花》中写的："名场奔走竞官荣，一纸除书误半生。笑向槐花问前事，为君忙了竟何成？"我们如此忙碌，何以回溯到曾经幽静恬淡的日子？

　　倒是五月的一天，两三个好友曾一并去到深山老林的农家夜宿，走在山间小路，看见满天星斗，一轮弯月挂在山间树梢，随夜风摇曳。走到树下，才知那正是一棵老槐树，满树繁花，槐香缕缕。有人不禁赞道：今晚这月是香的。后来，每每回想起那夜的月光，我都以为那是一场生动美丽的梦境。

槐花飘香，我顺手摘了一串串槐花回来，水冲，急切地丢进酒杯里，伴着香甜我一杯一杯地饮，微醉。月光摇曳，夜色恍惚，远处传来布谷鸟的叫声。

忽然想起槐花还有许多种吃法，就把刚摘回来的槐花洗净沥水，再就着月光深一刀浅一刀将其切成碎末，月光洒在碎末上，煞是好看。忍不住用手沾了碎末，送进嘴里，那甜味淳朴自然，沁人心脾，让人不禁一惊。把碎末和豆腐一起放在盆内，加入葱、姜末、盐、鸡蛋、面粉和水，就着月光用筷子匀速搅拌。月光和面粉融合，月光和槐香糅合，再将这面团团成一个个圆饼。柴灶里的火生起来，烧热铁锅，倒入纯正的菜油，然后把一个个圆饼放在油锅里慢慢煎熟。有槐花酒递上来，小饮一口。不急，慢慢饮，等圆饼在铁锅里煎成两面金黄。一杯槐花酒饮净，圆饼起锅了，四五个人抢着吃。月光一地，槐花一地。

"这槐花饼香有一种老母亲的味道。"

"吃得精致了，反而怀念过去的野菜粗食。"

"归去来兮。"

这时候，心蠢蠢欲动，犹如少年置身春夜。野外槐花飘香，月光细微。我于一树树槐花香中行走，山路上深一脚浅一脚的，有时槐花随风四下迸溅，有时肉眼没有看见，但肌肤却是能够感受到的，比如那溅入我脖颈里的两三颗槐花，痒酥酥的，一直痒到了我的心里。

这些朴素的回望，深深地渗进了我的身体中。善待野菜粗食以及那一树树的槐花，是我能够安然于世的关键。

桂花落，秋风起

　　立秋一过，几夜秋风，桂树就悄悄冒出星星点点的花来，让人不禁吟咏起古之诗句："玉棵珊珊下月轮，殿前拾得露华新。至今不会天中事，应是嫦娥掷与人。""弹压西风擅众芳，十分秋色为君忙。一枝淡贮书窗下，人与花心各自香。""不是人间种，移从月中来。广寒香一点，吹得满山开。"

　　老院子中有三棵桂花树，一棵植于屋前院坝中，是丹桂；还有两棵分别立于院坝两边，叫银桂。秋天逼近，有虫子在院坝草丛里"啾啾""唧唧"地叫着。这声音丝丝缕缕，忽高忽低的，偶尔一两声，世界又一下子恢复平静，使得这秋天更静了。桂花在虫鸣中簌簌掉落，落得满地金黄。"暗淡轻黄体性柔，情疏迹远只香留。"这秋天的虫语和桂花的心境最相宜。

　　虫语和落花伴在一起，虫窸窣，花幽静，它们相互成全。虫声落在一簇簇的桂花上，那是最洁净最温柔的地方。虫声落在花上极轻极细，只有花的耳朵才能对这虫声体察。虫声在桂花耳朵里汇集，秋风一吹，桂花落了一地，虫声也滚了一地。"秋风袅袅入曲房，罗帐含月思心伤。

蟋蟀夜鸣断人肠，长夜思君心飞扬。"怎奈人只听得见虫之鸣，却听不清落花之声。

　　倒是古人比我们要细敏、精巧得多。关于虫鸣之声，张潮的《幽梦影》中曰："春听鸟声，夏听蝉声，秋听虫声，冬听雪声；白昼听棋声，月下听箫声，山中听松声，水际听欸乃声……方不虚生此耳。" 周密的《玉京秋》中曰："一襟幽事，砌蛩能说。"柳永的《戚氏》中曰："正蝉吟败叶，蛩响衰草，相应喧喧。"古人从唐代起宠虫，《开元天宝遗事》记载："每至秋时，宫中妃妾辈，以小金笼捉蟋蟀闭于笼子，置之枕函畔，夜听其声，庶民之家皆效也。"关于花落之声，古人有："满地落花增感慨，故家乔木已萧条。""花自飘零水自流。一种相思，两处闲愁"。现如今，我们耳畔除了嘈杂之声，什么也听不到了。

　　到处找古人倒腾桂花的方子："木犀盛开时，清晨用杖打，以布袋盛之，筛去蒂入新盆，捣泥榨干，收起。每年加甘草一两、盐梅干少许，盛瓶封固，常用沸汤冲服，体发大香。"找白纸摊在桂花树下，等点点桂花簌簌落下，收回家把桂花融进酒里，然后静等发酵，慢慢品，慢慢醉。去年的桂花酒还埋在院子里的丹桂树下，可以起窖了。起窖选在秋风习习、月光淡雅的夜里，虫声唧唧，花香袭来，身体一紧，接着，身上的某些东西开始苏醒，清晰地意识到自己的生命进程，触到某个素日不易觉察的情愫和愿望……用木锹掀开土缸上面的泥土，一锹一锹，沉甸甸的。这是古人教给我们的，只有木头和泥土可以很好地契合。土层掀开，土缸慢慢露出来。木锹不小心触到了土缸，土缸"噔"一声发出沉闷的声响，沉睡一年的酒醒了。听到这声响，土层动了一下，桂花簌簌落下来，刚才还唧唧叫的虫儿，一下子停了下来。等这虫儿的唧唧声再起，再用木锹敲一下土缸，虫声再停，再起，反复几次，酒醒得差不多了。先揭开土缸的盖子，再把土缸从土窖里抱出来。一晃荡土缸，满是酒香。不急，坐在月光里享受享受，像古人一样，"俱怀逸兴壮思飞，欲上青天览明月。"等淡淡的月光通通落进酒里，等那断断续续的虫声落进酒里，等那簌簌的桂花落进酒里。然后站起来，看见酒缸的那一轮皎月在晃动，看见自己的脸庞也在酒缸里晃动。先舀一盅，敬大地，唧唧叫的虫儿停了下来，开始静静享受这桂花琼酿。虫声再起，像是醉了，唧唧——唧——唧。再舀一盅，敬上天，月光躲进云层，露出半边脸，醉了，醉了。再舀一盅，敬万物生灵，让它们享受这人间酒香，再赴我耳畔窃窃私语。

把去年的桂花酒收进酒具里，然后把空置的土缸续上新的土酒，再把簌簌落在白纸上的桂花收了倒进酒缸，丢几块冰糖进去。不急盖上土缸的盖子。这也是古人教我们的，等月光多多地落进酒缸里，等虫声多多地落进酒缸里，等秋风多多地吹进酒缸里。独自一人做着这事儿，静静享受着，当"举杯邀明月，对影成三人"时，再盖上酒缸盖子。重新把土缸放回土窖，盖上土。等明年桂花绽开的时候，一缸桂花酒再起。一摇一晃回家，把那取回来的桂花酒置于书案上，偶尔抿一小口，虫声、月光、花香滑过喉头，心头滑过一句"竹深树密虫鸣处，时有微凉不是风"，那感觉就像把一颗心放置在疏阔、清朗的旷野。

有朋友来了，三两个，在院子里的三棵桂花树下，一人一盅桂花酒，慢慢品着，细细辨听着四周的虫声、风声，说着不着边际的话。一阵微风飘来，我们的话飘得好远好远。

月季花，小冤家

当我看见花一点点绽开，一点点展开她那婀娜的身姿，我的心好像被一种扣人心弦的音乐涤荡过，喜悦而欢畅。

在蛋黄一样柔软的早晨，我揉开眼睛，看见一朵月季花展开一瓣花蕊，我于是蹲下身子，屏住呼吸，静静等待这一朵月季花绽开所有的花瓣。一片，两片，三片……花开在柔柔的阳光里。那些含苞待放的花骨朵带着露珠，晶莹的露珠落到大地上，花就开了。现在想来，那些伟大的音乐大抵上都与大地有关。我甚至相信《月光曲》是贝多芬在一个乡村夜晚谱就的。莫扎特的钢琴奏鸣曲荟萃了乡村所有的声音，比如一滴水的声音，一丝风的声音，甚至一粒土飞扬的声音。

小时候，那个叫瓦窑铺的村子，让我看见了一朵花开的情景，让我听见了一朵花开的声音。我相信，这些情景和声音，永远铺垫在我的心里。

在那块土地上，我收获许多感动。母亲从金黄的油菜花里走出来的时候，那些热烈飞舞的蝴蝶和蜜蜂，把母亲送出好远。落在母亲身上的金黄，是油菜花的留恋。落在母亲发间的金黄，是蝴蝶蜜蜂的欢愉。还有母亲走进一块瓜田，母亲用手轻轻敲瓜，一声声低沉浑厚的"嘭嘭"声在田野里回响，母亲是大地的琴师。她弓背扶苗的声音，甚至她直起腰的叹息声，都是这个大地绝妙的音乐。没有母亲，大地的音乐会格外单调和乏力。

在瓦窑铺的一个下午，野花绽开，蜜蜂和蝴蝶翩飞，金色阳光铺满草坪，我欣赏到了母亲的歌唱。母亲边唱边坐在草坪上绣鞋垫。我则望着一只停在树叶上的花蝴蝶入了迷，只见蝴蝶的翅膀一张一合。啊，那种青春活力的色彩在阳光的照耀下直让人心驰神往。当它的翅膀灵动地扬起，向着另一只蝴蝶抒情时，它身体里闪烁出了全部的鲜活和光彩，所有的色彩都在飞闪舞蹈。我倾心于它们的美丽。我追赶这些蝴蝶，我要把它们做成一件件美妙的标本，压在书缝里。

我回头，看见母亲低着头，仍一边绣着鞋垫，一边在轻哼"月儿落西下，想起小冤家，冤家不来我家耍，怎能不恼他……"。长发遮了她的脸，我看不见她的表情，但我感受到了她的欣愉。歌声绕过草坪平缓地落在草丛里沉寂下来，潜伏在时光的褶皱里闪闪发光。母亲唱着年轻时的歌儿，心里就像花儿一样盛开着。花儿随着母亲的歌声摇曳。

我踏着母亲歌声的旋律坐在了母亲身边。母亲一抬头，望见是我，歌声戛然而止，脸瞬间红了。我静静坐在母亲身边，希望她的歌声能够再次响起。可母亲一直低着头只绣着鞋垫。我问母亲："咋不唱了呢？多好听的歌儿。"母亲抬头看了看我，继续低头绣鞋垫，过了一会儿，她说："忘词了，唱不了哦。"我隐约感觉母亲丢失了什么。那天下午我一直静静守着母亲，看着母亲把一朵桃花绣在鞋垫上。一朵桃花，一朵鲜艳的桃花在母亲的手里盛开。母亲摊开鞋垫，问我："像不像？"我说："好香的花儿。"母亲笑了。

许多年后，回想起那个下午，我仍感怀不已，母亲在明媚的阳光里唱起悠扬的歌曲。她一定是感受到了大地干净的气息，她一定是在音乐中抵达了一个美好的地方，那里有她热爱的一切。那天下午，我看到母亲如花儿一样绽放的样子。

许多次，我逃离城市，我想去田野倾听一朵花开的声音。沿着城市的后山一直往山里走。山坡上种的豌豆已经结荚，麦苗开始抽穗扬花，路边齐腿肚的巴茅草还是一片金黄，野杨槐树上已经起了花穗，七里香总是最早获取春的信息。坐在山坡上，那些才冒出土的草尖，一定会扎透裤角，给我一种针刺的感觉。屏住呼吸，感受田野的气息吧，暂时忘掉城市的喧嚣。

其实，我也很清楚，我要像在老家瓦窑铺那样安静地倾听一朵花的声音已经不可能了，尽管我曾多次将自己的听觉功能调至最大，但显然没起到什么作用，我距离花开的声音越来越远。我来到一个被遗弃的木房子前，那衰败的木窗，那生锈的铜锁，那垮塌的土墙，都一再告诉我，房子的主人已经离开许久。

此时，恰巧有一位老人过来和我打了个招呼，原来这正是老人的房子，此次他来就是想再看看他曾住了许久的老房子。

老人坐在院坝的石头上，跟我闲聊起来：房前的樱桃树越长越没有精神，那口土井长了好多的青苔，黄花草也无缘无故地不见了，最恨的是，那老大一棵皂角树说死就死了……

老人叹了口气，说："儿子们都进城了。硬把我也整进城，这不趁天气好，我回来看看。"

告别老人，我落寞地走在回城的路上。我在想，要是真没有了倾听花开的地方，我将在哪里安放我的灵魂？难道我要回到我的老家瓦窑铺去吗？那当然是我理想的地方，可是，瓦窑铺还是原来的瓦窑铺吗？那一朵花还是原来的那一朵吗？她还会敞开心扉为我演唱吗？

荨麻岭，晚尚凉

电视剧《芈月传》中，楚怀王的宠妃郑袖不小心被某样野草伤了，月公主摘了几片草的叶子，咀嚼了下敷在郑袖伤处，说，"这是大蝎子草，刺人比蝎子还厉害的草，当年我娘亲就是被这草害苦了。"我也遭大蝎子草咬过。一个夏天，我坐在房前的黄连树下看书，黄连树枝繁叶茂，生出一大片阴凉，夏风习习，身心愉悦。盛夏的阳光从树枝缝隙间洒下来，斑斑驳驳，流光溢彩。我一边低头看书，一边用另一只手拉扯着身边的植物。突然，我的手像是被什么东西蛰到，一阵刺痛，火烧火燎地疼。转眼一看，才知是一丛蓬勃的大蝎子草。一会儿工夫，被大蝎子草碰过的地方生出一棱棱的红疙瘩，奇痒难忍。我赶快用石块把大蝎子草捣碎，蘸点草汁涂在红疙瘩上，慢慢痒消了，疼消了。

别看大蝎子草浑身长有刺毛，却是猪的好饲料，它含有丰富的蛋白质以及多种维生素、胡萝卜素。母亲有办法对付大蝎子草，母亲并不把大蝎子草连根拔起，而是挂着背篓，双手戴上手套，一把一把折大蝎子草的嫩枝。母亲将折回家的大蝎子草切碎，用开水煮了之后，再拌上包谷麸、麦面麸喂猪。猪狼吞虎咽，我奇怪地问母亲："猪不怕大蝎子草蛰吗?"母亲笑笑说:"都被猪吞咽了。"其实,大蝎子草一煮,它身上的刺毛就服服帖帖的了。整个夏天,母亲都用大蝎子草喂猪,猪的毛色也油亮了许多。

大蝎子草人也可以吃。最初春时候的大蝎子草冒出紫红色的嫩苗,戴上手套把鲜嫩的大蝎子草折来,用清水淘洗干净,切成细末,将牛奶、奶油、葱、面粉放在一起煮。一个馒头就一碗大蝎子草汤,风的清香、雨的柔情、阳光的明媚通通盛将在眼前的这碗汤里,一碗汤水下肚,身上微微出汗,美哉!妙哉!大蝎子草还可以凉拌,开水余过后,它桀骜的刺变得柔顺,拌些盐、蒜泥就可以吃了。野草的味道清爽,并伴有一点点的酸、一点点的麻、一点点的苦、一点点的涩,都融合在一盘凉拌菜里。大蝎子草还可以做成饼。把折回家的大蝎子草叶摊晒在阳光下,把大蝎子草的刺毛晒干。用手将晒干的大蝎子草揉搓成绿色的粉末,再和些面粉,将和好的面擀成一张张薄薄的饼,摊在煎好的菜籽油里,慢慢烘烤,在做好的大蝎子草饼里裹上黄瓜丝、葱丝。面的香味伴着草的气息,堪称人间美味!

吃大蝎子草的时光已经远去,可它那刺人的痛还留存在我的心里。

如飞蓬，忧喜迭

　　小蓬草，开白花。它的瘦果上长有白色的冠毛，风一吹，扁扁圆圆的瘦果就轻飘飘地飞向远方。林语堂在《两兄弟》一章中写道：苏东坡与子由及家人共度中秋后就要奔赴新任了。临别时，二人难分难舍，子由送兄长至颖河下游八十里外的颖州。在苏东坡开船出发的前夜，兄弟二人又在颖州河的船上共度一夜，吟诗论政，彻夜未眠。那天夜里，苏东坡写了两首诗，其中有这样的诗句：悟此长太息，我生如飞蓬。

　　我生如飞蓬。谁的人生不是像飞蓬一样呢。就拿我来说，曾在四个乡镇、两个部门单位工作任职，不管我像飞蓬一样散落在哪个角落，但我背负的责任和义务不会变。只是我终究是经不起时光的淘洗，身上和心灵上留下了些许伤痕。

　　小蓬草互生叶，披针形，无叶柄，细的叶径直从粗的茎上钻出来，密密匝匝，层层叠叠，郁郁葱葱。据说，小蓬草源于北美洲，随着风吹，小蓬草开启了一场又一场的旅行，过沟坎，翻陡坡，走荒山，它落到哪里，哪里就会成为一片绿洲，旷野田地里、沟渠山谷里、甚至农家小院里，它想去哪里就会去哪里。但是小蓬草也会遭到铁锹铁犁们的驱赶，那些武器寒光闪闪，迫使小蓬草退到路边，躲进河底。

在我家乡，小蓬草有一个土得掉渣的俗名叫穷蒿，是说它生长的地盘很贫瘠，扎根于穴下，样子窘困。可是，就是这样的处境，小蓬草依然绽放自信的微笑。盛夏，驱车在乡下道路上，只要一伸头，车窗外道路两边是蓬勃的小蓬草，大半车身高，这时，小蓬草已经开出小花，小花一朵朵一簇簇的，白里裹着黄，黄里含着白，汽车飞驰，惊起了无数花絮满天飞舞，有的停在了树枝上，有的停在了草丛里，最终它们都找到了站稳自己脚跟的地盘。即便飞落在高高的青瓦上，小蓬草也会借助残留在瓦背上的灰尘站稳脚跟，春天到来的时候，它一样会个子一蹿，像一个我行我素的侠客独立于瓦背之上。有时猛一抬头，小蓬草站在瓦背上随风摇晃着小手，它的根紧紧抓住青瓦的缝隙。

小蓬草飞往城市，风是得力帮手。生长在城市郊区的小蓬草借着清风来到城市街边的花园、草坪，有时花匠没来得及打理花园和草坪，小蓬草就伴着晨风、阳光迅速发芽、长高。它的身子常常超出草坪好多，它蓬蓬勃勃地压制着其他植物的生长，一天一个样。花匠来了，一进草坪就看见了小蓬草，他抡起锄头便把小蓬草连根斩掉，花匠一边擦汗，一边指着被斩掉的小蓬草说，这家伙生命力强得很，很难斩尽。走进花园，花匠看见高高的小蓬草遮住了其他花卉植物的阳光，走过去，一剪子剪掉了小蓬草。被剪掉的小蓬草，过不了几天就又发出新枝，摇晃着身子果敢而执拗。它要开花，它要结果，它要等待风的到来，因为它要飘向另一个新的地方。

说到小蓬草，我想到一个朋友。阿舍初中毕业就去沿海城市打工，如花似玉的年龄，她在一天夜里不幸被流氓强暴导致怀孕，她因此不得不躲到乡下。朋友都劝她放弃孩子，但她却决定把孩子生下来，她说："孩子是无辜的，也是一条命啊。"孩子生下来后，她把孩子留在乡下让父母带，她则又到城里打工挣钱。后来，她恋爱了，和一个很帅气的男人，她真心爱他。然而，那一次的经历像暗疮一样叫她无法安生，她不得不鼓起勇气把事情的经过告诉那个男人，结果他们分手了。为了彻底忘记，开启新的生活，她像小蓬草一样到了另一个城市。那么多年，她一直带着自己的孩子生活，她说："我不打算结婚了。"

那天回到家乡，我一眼认出了阿舍。我说："回来了。"她点点头。她的右手始终缩在衣袖里，我摸了摸，有半截是空的。我忙问："手咋了？"

她说："没事，被机器绞的。"我一震，眼泪瞬间涌了出来。她是经历了怎样的痛苦才换来今天的淡定从容。我拉着她说："日子还那么长，你可咋生活啊？"她笑了，很轻松的样子，"不是活得好好的嘛。"她对我说，她已经不在城里打工了，她回村里承包了五十亩地，准备搞生态蓝莓种植。我问她："还有啥子困难没有？"她摇摇头，说："世辈种地，有啥子困难。"她顺手扯了一束小蓬草在手里，轻轻摇晃着说："人这一辈子，就像这穷蒿，再难也要活得好好的。"

与阿舍分别时，她立在村头，像一束小蓬草，在风里洋溢着浅浅的微笑。

鹅儿肠，蔓甚繁

　　鹅儿肠是繁殖力极为旺盛的植物，一年到头开满白色星形的花朵，其种子四处散播，庭院矮墙上，田野庄稼地里，时常可见。鹅儿肠一节一节的长，怎么拔也拔不完似的。它一生都在和农人周旋，农人今天从庭院矮墙上扯了一丛，明天就有一丛新的鹅儿肠在矮墙下青青绿绿的长了出来。对于鹅儿肠来说，再大的劫难，它都能洒脱度过。

　　母亲把包谷地里的鹅儿肠扯了，切细兑水，再加上包谷饲料拌匀，喂圈里那头架子猪。母亲说："过年就靠它了。"架子猪很喜欢吃鹅儿肠，每次母亲喂猪鹅儿肠，猪都是狼吞虎咽的。母亲对架子猪说："慢点儿，哪个在跟你抢嘛。"母亲看着架子猪的吃相，很是满足的样子。没几天的工夫，等母亲再次走进包谷地，鹅儿肠就又匍匐了满地，有的还在顶部开出了五瓣白色的小花。母亲跳进包谷地，惊咋咋地说："咦，才几天就又长起来了？"母亲埋怨鹅儿肠，好似在埋怨自己淘气的小儿子。初夏的风吹来，匍匐在地的鹅儿肠荡起绿色的波浪，躲闪着母亲细碎的脚步。母亲埋头大把大把地扯鹅儿肠，我清晰地听到鹅儿肠茎被折断的声音。

鹅儿肠从根部向四周长出匍匐茎，用力拉扯鹅儿肠时也只能扯断鹅儿肠茎，其根依然留在土里，几束阳光，几滴雨露之后，鹅儿肠就又长出新芽来，再度繁茂成一丛丛。一株鹅儿肠能开出无数朵花，结出数不尽的种子，拔除开花结籽的鹅儿肠的同时，竟弄巧成拙地在帮它播种，拔除它，它的种子又撒在了地里，它挨土就生，挨土就长，刚拔掉一株，很快又长出新的来。

这次，母亲将扯回的鹅儿肠堆在院坝里，让那一群鸡来啄食。鸡特别爱吃这青饲料。一只红公鸡啄了一朵鹅儿肠花很是惊喜，叼得远远的，啄起又放下，咕咕咕的呼喊母鸡过来，母鸡们攥起脑袋滴溜溜地跑过去，只见一只麻母鸡跑在最前头，啄食到了鹅儿肠花。红公鸡乘势扇动翅膀跳到麻母鸡背上，完成了一次"踏蛋"行动。家乡有个说法，说是只有公鸡给母鸡"踏蛋"，母鸡才会下蛋。红公鸡耀武扬威地扬起脖子，喔喔喔地打了几声鸣。

牛也爱吃鹅儿肠。晨雾里牛铃有节奏地摇晃，叮当作响，铃声纯粹干净，一点一点地撕开晨雾的幕布，阳光照亮草场。露珠在一丛丛的鹅儿肠的草尖滚动，五瓣白色小花绽放，鲜艳欲滴，我家那头黄牛甩动脖子，欢快地吃着鲜嫩的青草，喝着清亮的露水。一只八哥鸟站在黄牛背上，优雅地巡视着四周，黄牛脖子一甩，八哥鸟弹起来，落进了鹅儿肠草丛里。正午阳光猛烈，黄牛躲在树荫下反刍，定定地望着远处的山峰和近处的河流，山峰无语，河流静谧，牛铃声也不再如黄牛吃草时那般欢快而激越，而是时不时轻轻摇晃，发出叮铃铃的悠扬的声响。

想想鹅儿肠，被猪啊、鸡啊、牛啊吃，它们占有了鹅儿肠，甚至戕害了鹅儿肠。可是，鹅儿肠没有一点低贱，没有一点自卑，不择地又随处生长起来，依然长得那么青绿，那么生机盎然，心里的某种罪过感便稍许减轻，也许万物都有这么一个互相献祭的过程，才会愈加生机蓬勃。

山里的画眉鸟多，每天清晨山里都会上演一场悦耳无比的音乐会，画眉鸟无疑是音乐会的主角。爷爷从山里套来一只画眉鸟养在家里，它的叫声独特动听，尤其是那高低错落、珠落玉盘般婉转的歌声，令爷爷非常喜欢。爷爷喂养画眉鸟可上心了，每天给一点精食，给一点山泉水，院子里有得是鹅儿肠，青青绿绿长在院子的角落里，爷爷每天都要趁着露水还没有滚落，摘些鹅儿肠喂画眉鸟。画眉鸟很喜欢这种绿色饲料，每次都会啄食得干干净净，食毕，画眉鸟开始在笼子里跳上跳下放声歌唱，引得山林里的鸟儿也跟着一起啾鸣。

鹅儿肠开花的时间并不固定，只要茎叶长到尽头，就开出一朵白色的小花，随意，自然。它的花朵虽小但模样可人，只要看见一丛鹅儿肠，就会发现草尖上有星星点点的小白花铺在上面。倒是它总是沐浴着晨光盛开，故有了"朝开"这一别名。

其实，小时候，我还吃过鹅儿肠。一方面是对食物匮乏的补充，另一方面，源于我父辈潜意识里对中医的崇奉，尽管父辈们大多是大字不识的，但大都相信百草可为药，但凡猪牛吃得的，人也吃得。母亲把摘来的鹅儿肠洗净，入沸水迅速烫一下，沥干水，加一点盐拌匀，就可以吃了。夏天，母亲扯猪草回来，倘若中午没时间做饭，她就会从刚打回的猪草里把鹅儿肠挑出来，摘些嫩尖做几碗汤，再热上几个馒头，就是一顿中午饭。鹅儿肠汤的味道像极了豌豆尖汤。每次喝豌豆尖汤，我便一下子想到母亲做的鹅儿肠汤，一阵清香扑鼻而来。

　　一天，我心血来潮，在城外野地里采了一小篮子鹅儿肠回来，掐嫩尖洗净，做了一碗鹅儿肠豆腐汤，青幽幽的鹅儿肠，白嫩的豆腐，再放上几颗葱花，一青二白，颜色分明。豆腐滑嫩，鹅儿肠清脆。小女儿嚷到："青草的味道，不过，比豌豆尖尖还香。"小女儿一小碗吃完，竟嚷着还要。我心里感到欣慰，小女儿还有一个食得杂粮杂草的胃。

狗尾草，贱如毛

　　空地和路边总生长着各类野草，其中最多的应该要属这狗尾草了，每一年狗尾草都任意地长，无处不在。无论是庄稼地里还是沟渠边，无论是菜园还是墙角，哪怕是石头缝里，甚至在城市的任何一个只要有一点点土壤的地方，你都能够看到它那一弯浅月般的茸毛。夕阳西下，逆光里看狗尾草如梦如幻的轮廓，有一种别样的风韵。

　　多么可爱的狗尾草，从那些细细尖尖的叶子里冒出一枚枚伸向天空的草茎，草茎头顶竖着一穗蓬松的茸毛，微风吹过，茸毛轻摇。"狗尾草，狗尾草……"轻轻呼喊它的名字，就感到灵魂里生出草的温柔、草的气息。是的，世上没有虚伪的草，没有邪恶的草，没有懒惰的草，草长在哪里并不重要，只要有阳光雨露，它就会倔强地奉献一片绿色。狗尾草抽穗的样子，像极了邻家妹妹的羊角辫，在风里一跳一跳的，跑过了一条山路又一条山路。

　　我家的花猫最喜欢狗尾草，猫看见狗尾草在阳光里轻摇，它一个箭步过去，跳起来捉住一穗，抱在怀里一遍又一遍轻咬，毛茸茸的穗子落在猫的嘴里，猫晃荡晃荡脑袋，很是淘气的样子。狗尾草毛茸茸的尾巴在逆光下变得金色发亮，猫蹑手蹑脚踱过去，用前爪试探性地刨弄一下毛茸茸的穗子，穗子掉落似有无数光点簌簌落下；猫又试探性刨弄一下，这次猫爪子好像被阳光刺了一下，猫抖了抖前爪怒目圆睁，一爪子把狗尾草抓下来，用嘴使劲撕咬。一丛丛的狗尾草被猫弄得凌乱不堪，可狗尾草一点气都不会生，第二天，它又整整齐齐站在路边，等待阳光雨露的到来，甚至等待那只猫的到来。乡下的猫十分喜欢狗尾草，因此，狗尾草又叫"猫戏草"。

我家的黄牛喜欢狗尾草，它总是大口大口地把那毛茸茸的穗子吞进牛肚里。踏过狗尾草丛的黄牛就像是一台草料收割机，一片狗尾草一会儿就被收割完了，露出光秃秃的坡地。正午，黄牛站在树荫里望着远山反刍，它的嘴一咬一合，黄牛成全了狗尾草的种子，它不光让狗尾草的种子落地生根，还让狗尾草的种子随黄牛的粪便去往远方。

夏天，我喜欢躺在狗尾草丛里，那一穗穗的狗尾草在我身旁，感受我的呼吸，倾听我的心跳，它们时不时用毛茸茸的穗子抚摸一下我的胡须，摩挲我的耳际，痒酥酥的，那感觉像是猫跳进我的胸膛，故意撒娇蹭我的脸。有时，毛茸茸的穗子落在我的衣服上、头发上，待我起身，我会把它们带去另一条小路或者回家。落在小路上的那些狗尾草种子将于第二年春天发出新芽，落在我家里的狗尾草种子会在我的床上或者书桌上沉睡。它们趁我伏在书桌上打瞌睡的时候，狗尾草种子落在我的一本书里，它们和书中的文字一起散发着独特的芳香，一起唤醒我的思维。它们还和我一起跨过小溪，经过包谷地、油菜地，来到被一棵大银杏树掩映的教室上课。

下午的阳光浪漫、干净，我躺在狗尾草丛里，看蔚蓝的天空上飘着几朵白云，我遐想连篇，我悄悄给同桌的阿菊写了一个纸条。我将纸条压在了阿菊的语文书里，心里就像猫儿抓样，猜想着阿菊触到沾满了狗尾草气息的纸条的反应。我偷偷看阿菊，她还是像往常一样认真听课记笔记。等我翻开自己的语文书，那纸条竟又躺在了我的语文书里，我赶紧将纸条收进衣兜。那是一堂极其漫长的语文课，我眼前仿佛出现一条两旁长满狗尾草的小路，蜿蜒曲折。

深秋，和妻子出门，在山野外看见一大片发黄干枯的狗尾草，几束山菊花在狗尾草丛里开得异常惊艳。狗尾草与阳光、菊花的相遇，美不胜收，妻子惊讶道："好美！"我扯了一束狗尾草送给她，她激动不已。她说："狗尾草真是漂亮，我要将狗尾草拿回家和其他干花搭配，这样，我的整个花束就不会再显得那么生硬，而多了几分柔媚。"看着妻子欣喜的样子，我笑着。

"好了，我们回家吧。"田野上，我和妻子带着狗尾草踏上了回家的路。

棋盘花，舞晴空

麦子成熟的时候，棋盘花开了。麦子一片金黄，棋盘花锦绣夺目。棋盘花是我家乡的叫法，它还有一个诗意的名字，叫蜀葵。至于蜀，原产四川；至于葵，我想，那就是花果子扁圆，肾脏形，像葵花结子样。

棋盘花，是我至今看到的开得最大方、最热烈的花了。花开像一方斗笠，更像一门高调的喇叭，更有向日葵"向阳"的特征，诗人蒋蓝说："太阳照到哪里，它的硕大花朵就热烈鼓掌，高宣万岁，一心颂圣。"明朝张瀚《松窗梦语》："蜀葵花草干高挺，而花舒向日，有赤茎、白茎，有深红、有浅红，紫者深如墨，白者微蜜色，而丹心则一，故恒比于忠赤。"说到这棋盘花的赤胆忠心，还有明朝的宰相李东阳的一首《蜀葵》："羞学红妆媚晚霞，只将忠赤报天家。纵教雨黑天阴夜，不是南枝不放花。"

在我乡下院子里，棋盘花直立在院坝的东角，紧接着是一丛月季花，一棵老梨树，一丛藿香。五六月，大忙季节，麦子熟了，要收割；玉米头道草起来了，要薅草。不管农人多忙，懒蝉在树枝上叫个不停，棋盘花独自开得绚烂，紫、粉、红、白色的花一路顺着壮硕的茎，由下开到上。阳光越烈，花儿开得越艳，仿佛花与阳光叫着劲，谁也不服谁。我惊艳这花的味道、颜色，阳光里棋盘花散发着一种摄人的气息，起初有点冲鼻浓烈，不一会儿就会惹人陶醉，我甚是喜欢这味儿。

收割的日子，太阳热烈，麦子在阳光下金灿灿的，闪出耀眼的光芒，特别好看，丰收的气息在阳光下弥漫。父亲在麦地里，额头上亮闪闪地冒着一颗颗汗珠子。开始，新麦地上一路摆放着父亲割好的麦把子，父亲越割越远，地里的麦把子也越摆越多，一路下来，麦把子铺就在父亲身后。夏天的天空很高很蓝，新麦一割，大地也显得更加广阔。夕阳西下，父亲把一把又一把的新麦把子收拢，地上暴露出整齐的新麦的茬口。

目光越过院坝里的棋盘花，我看见父亲嘴里衔着一根新麦草，他一会儿弯腰割麦子，一会儿直起身子挽麦把子，挽好麦把子，父亲将割好的麦子摆放在身后的麦茬地上。割麦子不是轻松活计，可我的父亲却像在做一件非常有乐趣的事情。我猜那根被他衔在嘴里的新麦草无比香甜，说不定他的嘴边像一只羊嚼食干草一样冒出了沫子，想到父亲像羊，我笑了。

母亲戴着红头巾帮父亲把麦把子往背架子跟前收，父亲把母亲收拢过来的麦把子堆在背架子上。这是个技术活，一层一层堆上去，新麦在背架子上越垛越高，还要保持平衡，差不多的时候，父亲把背架子撑起来。这次父亲觉得麦把子还不够，他又让母亲递了一些。这时候，一股风吹来，背架子上垛的麦把子一下子垮在了麦茬地上。母亲笑着说："看嘛，看嘛，心口子厚嘛，垮球了。"

父亲也大笑起来，"就怪这风吹垮的嘛。"

　　父亲和母亲又将麦把子重新垛好在背架子上，父亲背起，母亲则两手夹着一大捆麦把子跟在父亲身后，他们一前一后，父亲弓着身子摇晃，母亲挺着胸慢走，这一摇晃一踱步的，在回家的小路上真是好看，母亲的红头巾则比往常任何时候都要好看。

　　回到家，母亲去了厨房，一会儿炊烟便升腾起来了。父亲坐在院坝里的石凳上，看着那绣锦夺目的棋盘花，一口一口喝着山里的老鹰茶，哼起了山歌，"月儿落西斜，思想小冤家。冤家不来我家耍，心里乱如麻……"

　　二十多年后的一日，我陪妻子在商场闲逛，在一家旗袍店，我一眼就看到了一袭旗袍，如意斜襟，祥条盘扣，高开叉，胸前手工绣着大朵大朵的棋盘花儿。我一惊，那花儿简直是逼真，棋盘花摄人的味道漫延而至。我惊愕谁能有如此这般手艺。我不禁想到唐代诗人陈陶的诗句："绿衣宛地红倡倡，熏风似舞诸女郎。南邻荡子妇无赖，锦机春夜成文章。"

　　用手轻轻滑过旗袍，我连连称奇，这花绣得真好，这花一定会红遍整个夏天。

打碗花，阳光里

山野中到处盛开着可爱的打碗花，打碗花大多是粉色的，但也有蓝色、白色、紫色等多种颜色，我们时常三四个伙伴一起，把花喇叭放在由左手大拇指和食指圈成的圆圈里，然后用右手掌用力猛拍左手上的打碗花，"啵"一声，打碗花破了，孩子们小小的右手手掌上被印上一个带色的小圆圈，左手拇指和食指上则存留了打碗花的残骸。

这放置在大地之上的一只只小碗，盛装着风声、雨露，盛装着阳光、草香，盛装着村庄的祥和、安静，盛装着大地所有不为人知的秘密。这一只只小碗安放着我们的童年，守望着我们的贫瘠，隐藏着我们的忌讳。

打碗花太可人了，三角形绿色的叶瓣里长出娇人可爱的小花，没有哪个孩子不想亲近它，小孩一旦发现它们，都会嚷着想摘下来玩弄，然而只要有大人发现了小孩要摘打碗花的举动都会惊慌阻止："不要碰它，不要碰它，那是打碗碗花。"小孩举到空中的手定会赶紧缩了回来，用疑惑的眼神望着大人。"谁要是折了打碗碗花，谁就会打破饭碗的。"几乎所有小孩都被大人的这句话给唬住了。打碗花果真有这么神奇吗？后来，我渐渐明白，大人的警告实则是源于对自然的敬畏，对一朵花的敬畏，我们不可以打破大地之碗里盛装的阳光和雨露，不可以打破大地之碗里盛装的祥和和安静……

在打碗花盛开的季节，广袤的田野或者村子的田间地角，随处都能看到打碗花开着小碗形的花朵。它们或贴着地面绽放，或攀援在其他高秆植物上，纵使你不小心"打碎"了哪一只"碗"，第二天早晨，你会惊奇地发现，在原来的地方又冒出一朵更加娇艳的小花。即使粉身碎骨，也要繁衍出千万个我来，这是打碗花的生存哲学。

关于打碗花还有这样一个传说：从前村里来个妖怪，每天强迫人们给他送好吃的，不送妖怪就会施法，让地里长满荒草。这荒草是除不尽的，没等这边除完，那边就又长出来，把人们累得叫苦不迭。村里有个心地善良的女孩，女孩为村里人感到十分焦急，一天夜里她梦到一位白胡子爷爷说，只要能打碎妖怪盛东西的碗，妖怪的魔法就失灵了。因此，女孩不顾生命危险潜入妖怪的山洞，打破了妖怪的碗，可正当小女孩想要逃走的时候妖怪醒了，妖怪大怒并杀害了小女孩。第二天在碗打碎的地方便长出了一朵小花，人们说这花是女孩变的，为了纪念小女孩就把这花叫打碗花。

出生在六十年代的农村人大多数对打碗花有着深刻的记忆，有人一看见打碗花，就会记起饥饿年代的无助与恐慌，饥饿对于他们来说是难解的心结。"打碗花的叶子，在水里清煮下就吃。""打碗花的根，刨起来就在嘴里嚼。""可笑的是打碗花的根，叫福根。"经历无疑是苦涩的，但回忆中的苦竟有那么一丝丝的甜。

春天的时候，我把打碗花幼苗采来洗净，或水煮或煎炒，有一股淡淡的清香。夏天的时候，我把打碗花的根挖来，去杂洗净，切段煸炒，打碗花根炒来脆香、清甜。还有一种吃法，将打碗花的叶和花采来，洗净用开水焯一下。鸡蛋打入碗中，加少许精盐，搅匀，先将鸡蛋炒熟，再放入打碗花的叶和花煸炒，一盘打碗花炒鸡蛋就做好了。在已经摆脱饥饿的当下，这些打碗花的吃法，纯属是对野菜的热爱，享受野菜清香。

说到这吃打碗花的乐趣，我就想到一个叫平的朋友。平退休后，与一个看山的老头儿居住在一个深山里。我问他："不寂寞吗？"他乐了："我一天忙都忙不过来，山水、草木、鸟石，哪一个不是我要好的老朋友。"我醒悟，这份真性情是纯净的，也是深邃的，平就是一打碗花，盛装了大地上非常多的阳光。

桐麻花，一盏灯

野麻，我家乡又叫桐麻。《本草纲目》云："桐麻，今之白麻也，多生卑湿处，人亦种之。叶大如桐叶，团而有尖，六七月开黄花，结实如半磨形，有齿，嫩青，老黑，中子扁黑，状如黄葵子，其茎轻虚洁白，北人取皮作麻。其嫩子，小儿亦食之。"

我小的时候，家乡的田边、山坡上、小路边，甚至废墟上，野麻密密匝匝连成一片，只要有一点泥土，它们就能扎根生长。它们茎秆外表长着柔柔的须毛，一人多高绿油油的连成一片，茂密的枝叶相连，密不透风。心形的绿叶，覆着一层白白的细细的小绒毛，像胎儿身上的胎毛一样光洁，阳光照耀下晶莹剔透，反射出氤氲的水汽和微微的柔光，用手轻轻掐一下就会滴出水来。摘一片野麻叶放在左拳眼，再右手用力一拍，"啵"一声脆响，好似燃放一节小爆竹一样过瘾。夏天野麻叶腋间，萌发出一个个的小花蕾，几天阳光，一朵朵黄色的小花娇羞地探出脸来，开出五瓣的黄花。多彩的蝴蝶们围绕着花朵翩翩起舞，蜜蜂们忙前忙后地采集花粉。花开后，花瓣处慢慢的生出一个个漂亮的小房子，又像农家老汉嘴里含着的一个个烟袋锅，又似捏了褶的小笼包。这小房子均匀分成十五到二十间小房间，每个房间里正孕育着一个小胎儿。我好奇地掰开过一个小房子，发现那一个个的小胎儿像白净的沙粒一样睡在里面，正甜蜜地呼呼沉睡着。等半球形的蒴果成熟后，摘一颗放在手里揉搓，张开手掌，看见小房子里的白净沙粒已经成了一粒粒的"黑芝麻"，放在嘴里咀嚼，草木的清香。

母亲总要在秋天采一些野麻的果实留着，等过年蒸花馍馍时，把野麻小莲台的果实倒过来，蘸红膏子绿膏子，用来给花馍馍点花。野麻果实点的花馍馍，花格外鲜艳显眼，像一朵朵野麻花一样绽放。

《诗·陈风·东门之池》中说"东门之池，可以沤麻"，《易·系辞下》中说"上古结绳而治，后世圣人以书为契"。绳结而治，绳从哪里来？种麻沤麻，搓绳。斯时之麻，乃桐麻也。野麻沤制后，能搓成麻绳。选好沤制的水池，把捆好的麻秆拉到池边，排成一排，放到水里，一层一层码好踩实，然后在麻排上压上石头，两三天后，野麻沤制好了。记得，那时候，母亲手里握着一把两头带卷的刮刀，把沤制好的野麻皮垮下来，再把野麻皮摊在膝上用刮刀刮过，野麻皮刮成白白亮亮的，抽出一根根野麻丝来，把麻丝缠成麻团，挂在太阳底下晒干，就可以根据需要搓麻绳了。我们守在母亲身边，不是学刮麻的技术，而是等母亲剔除那些没有用的野麻皮，我们拿来绑在木棍上，用麻皮做成打"地牯牛"的鞭子，"啪啪啪"打在"地牯牛"身上，干脆清响。看见城里一些老头儿玩偌大的"地牯牛"，鞭子也格外长，我曾经走近他们说："这鞭子还是野麻皮做的最好。"老头儿们摇摇头说："现在找不到野麻皮了。"

记忆里一直储藏着母亲坐在夕阳里用手捻麻团里的麻丝，摁在大腿上搓麻绳，嘴里衔一缕麻绳儿用手捋，穿针引线纳鞋底的画面。从出生到工作，我一直穿母亲做的千层底布鞋。一次外出旅游，在甘肃天水，看到麻鞋的广告：麻鞋舒不舒服，脚自己知道。一下车，我就买了几双麻拖鞋带回家，也给母亲带了一双，母亲拿着麻鞋说："这鞋舒服，跟我那几年做的一样。"麻鞋穿在脚上，透气、吸汗、贴肉，母亲的体温似乎都还在麻鞋上。

野麻全身都是宝，剥去皮的野麻秆还可以制成糠灯。满族人入关前使用的照明用具就是糠灯，《扈从东巡日录》记载："暇棚糠灯也……青光熠熠，烟结如云，以此代烛。"《清稗类钞》中对糠灯的制作方法和使用做了介绍："宁古塔无烛，所燃为糠灯。其制以麻梗为本，苏子油渣及小米糠拌匀，粘于麻梗，长三四尺，横插木架，风吹不息，然此乃旧俗，民间而言也。"剥去皮的野麻秆折成三尺长一支，在麻秆外表上涂上一层苏子油渣与米糠拌成的膏，晾干后斜插在屋内的墙洞里，或卡在木架上，点燃后青光熠熠，风吹不熄。

盛京清宁宫存放着一支皇太极生前所用糠灯。康熙、乾隆、嘉庆、道光等皇帝东巡盛京，必恭瞻此灯，溯述家风。孟古在弥留之际特别想与离别十五年的生母叶赫见上最后一面，皇太极的亲娘舅金台什却不人道，只派了姐姐的乳父南泰来见，带来了一点叶赫的土特产。这土特产就是一支糠灯。孟古看到娘家带来的糠灯后，安详地闭上了眼睛。糠灯无言，十一岁的皇太极从此与这糠灯亲密无间，带着它戎马走天涯。五十二岁的他在沈阳故宫清宁东暖阁一支糠灯陪伴下"端坐无疾而终"。

他死后这支尚未燃尽的糠灯熄灭了，一直保存于清宁宫东暖阁壁间。在顺治皇帝身后一百五十八年间，康熙、乾隆、嘉庆、道光等皇帝一共九次东巡祭祖，必到清宁宫东暖阁瞻仰此灯。历史还记载了这样一个事，嘉庆皇帝东巡清宁宫时发现糠灯不在了，问盛京将军富俊，因其"糟旧"而存其库中，当即训斥道："先朝遗物原欲使后世企仰淳朴之风，即糟旧何碍观瞻？"于是已经糟旧的糠灯又被移回清宁宫。想想这些皇帝们每每观瞻一次先祖们留下的糠灯，其实就是点燃一次糠灯，照亮一次内心。

我没有用过野麻秆制成的糠灯，但我记忆里储藏着冬天夕阳西下的情景，天色渐渐黯淡下来，灯火还不曾点亮，我站在暮色四合里，听到溪水淙淙有声，一棵棵的野麻秆立在凛冽的寒风里，夕阳染红了那一颗颗还留在麻秆上的野麻果，像一团团点燃的火焰。

藿花香，无穷碧

藿香，本草曰苏与荏，苏是紫苏，荏乃白苏即藿香。紫苏是一年生草本，野生的也是籽粒落地才出苗，藿香则是多年生草本。早在南朝，江淹就做《藿香》诗一首，他埋怨桂和麝香味太烈，"摧阻天寿，夭折人文。"唯有藿香，宜于摄生养气。藿香世代是护生草，其"芳香之气助脾胃，故藿香能止呕逆，进饮食"。藿香，还有个名字叫兜娄婆香。楞严经说，坛前以兜娄婆香煎水洗浴。说的就是藿香。法华经说的摩罗跋香，金光明经说的钵诃罗香，都是兜娄二字的梵言也。古人礼佛前要沐浴焚香，这沐浴的汤液里，加的就是藿香。藿香洗浴，身体清香洁净。

每年夏天，母亲都要采一些藿香、艾草、巴茅根、还有大蒜茎秆晾晒储藏，等第二年春天来的时候，用这些草熬制一锅汤，兑水让我们泡一次澡。藿香茎有节中虚，枝叶气味芬芳，能助脾胃，能止呕逆，去恶气，能止霍乱心腹痛。艾草，又名香艾，性温，纯阳之性，通十二经、走三阴，祛湿散寒、温血活血、健胃强壮，还可预防长包长疖生痱子，治疗湿疹。巴茅根，性凉味甘，清热，活血。大蒜，解毒杀虫，消肿止痛，止泻止痢，温脾暖胃。母亲用这些草熬制的汤水，金黄透亮，香气宜人。木屋里香气萦绕，母亲的脸映在香气里，满脸红晕，乌黑的长发上泛着点点雾气。母亲洗净烫猪的大黄桶，兑水后，让我们三兄弟躺进去，母亲满脸笑着说："也烫个白白的猪儿子。"

母亲说："这样洗了身子，保准全年不生病。"

在藿香、艾草水里洗完澡，感觉全身是清香的，穿在身上的衣服也是清香的，藿香的芳香，艾草的土味，巴茅的甜香，这些气息混在一起，沉淀着光阴的味道。

藿香就长在家门口的小路边，每天路过，每天藿香藿香地喊，似乎应该有个女孩，就叫藿香，秀气而有体香，清纯得像夏初的藿香。后来翻查资料，民间真有一个叫藿香的女孩。故事说，深山里住着一户人家，姓霍，哥哥与妹妹霍香相依为命。哥哥娶亲后从军在外，家里姑嫂二人相互体贴，日子过得和和美美。一年夏天，天气连日闷热潮湿，嫂子因劳累中暑，突然病倒。她急忙跑到山间为嫂子采药，不幸被毒蛇咬伤了，她拼命地往回跑，帮嫂子煮药喂服之后，自己却轰然倒地，再也没有醒来，后来，嫂子把她埋了，第二年春天，从女孩的坟茔上长出一丛从没见过的植物，蓊蓊郁郁，开着紫色花，通体透香。哥嫂给这些从未见过的植株命名为"霍香"。霍姓女孩的事迹逐渐被人们传开，后来，人们把这种植物改名为"藿香"，一直流传下来。

家乡随处可见藿香，家家门前都会有一两株藿香。藿香在，清香在。老院子铺着青石板，灰色的土墙斑斑驳驳，藿香长在老院子的门前，叶片厚实，泛着橄榄绿。夏末抽莛开花，似狗尾巴草穗，淡紫红色。将鼻尖凑近，深吸一口，闻到的是湿漉漉的清香，清凉、静谧。藿香更像一个听话的小女孩，坐在老院子的门前，静静仰望着蓝天。老院子需要的是藿香的那一丝清新的气息。我们偶尔做鱼时才记起用藿香做佐料。家乡的小河木叶子鱼繁多，把水里的水虫子挂在鱼钩上，一会儿就会钓上许多。把活蹦乱跳的木叶子鱼带回家，从泡菜坛里抓点泡菜，做一回泡菜鱼，起锅时，跑到老院子门前掐几片藿香，切碎撒在鱼汤里，藿香的芳香盖住了木叶子鱼的腥味，鱼的鲜香和藿香的芳香弥漫开来，连空气都染香了。

进了城后，渐渐忘了藿香。一天，在小区院子废弃的花园里发现了一丛藿香，一问，是进城不久的李老大爷从乡下带进城里来的，藿香迅速蔓延出一片绿意，嫩嫩的叶片，正是入时的美味。他热情得很，见人就招呼：“快来，掐这藿香吃，香得很呢。”藿香见土就长，即使再贫瘠的土壤，它也会长得蓬勃而富有生机。于是，院子的人都掐这藿香吃。这藿香有一股甜味，这藿香香得醉人。那天用这藿香做了一碗清汤面，吃的我肚皮都要撑破了。李大爷听着大家的议论，一直笑呵呵注视着，说：“这藿香掐得快，长得也快。来掐啊，做什么都用得上。”邻人掐得还是很节制，老人在一旁说：“再掐点。”邻人脸一红，说：“够了。”又一个春日，小区张婶抱回一丛紫苏种在花园里，邻家王大爷又找来一大丛香葱种在花园里。紫苏、香葱一如藿香，体贴人迅速发育，一个春天里也长得蓬蓬勃勃。好了，废弃的花园里长着藿香、紫苏和香葱，一下子多了生机，紫青色的紫苏，橄榄绿的藿香，青青的香葱，高矮有致，邻居们有事无事就在花园一角捡落叶、刨土、除草，多了份喜乐。

因为一丛藿香，一丛紫苏，一垄垄香葱，让身居市井的我们，了却了乡情，懂得了相互给予。一如笑可以传染，善行和感恩也一径蔓延开来。后来，我问李大爷要了一丛藿香种在花盆里，不知不觉，藿香在花盆里长高了，叶子丰腴青绿。做豆花时，我在蘸水里加了切碎的藿香，豆花绵嫩，加上蘸水的麻辣，藿香独特的芳香，妻子说：这豆花好香。我告诉她，这是藿香的味道。

藿香是宿根草，生命力强，种一次就落地生根，年年复生。从此，我家阳台上年年都有一缕藿香的芳香。我们在藿香的温暖感应中相爱、感恩。

南瓜花，雁南归

　　初夏，大地一片蓬勃翠绿，阳光艳丽夺目。当大地上形形色色的瓜挂起来，在风中摇曳，在阳光里嘀咕，那是怎样的一种气势和情景。

　　南瓜仿佛是赶在阳光照上房门前的一个早晨，挂上院墙的。那天我推开吱呀响的木门，揉了揉朦胧的睡眼，一眼就望见了院墙上挂起的两个南瓜。刚好，挂在院子门口。父亲大摇大摆出了院门，南瓜摇晃着给父亲打了招呼。父亲像不理会我们对他的呼喊一样，没有理会两个南瓜兄弟。早晨的阳光明晃晃照上院墙，我清晰地看见两个南瓜兄弟身上的那一层薄灰，像还没有散去的一团薄雾附在上面，微颤、嫩气。

　　南瓜在村庄被随意种植在小路边，根本不问收成，好像更多是一种村庄的装饰。就像村庄里的孩子，都是在菜园子、庄稼地里随意带大的一样。那时候，五岁的我总是跟在母亲身后，一会儿在菜园子里跳跃，一会儿在小路上奔跑。母亲并不理会我，我只好蹲在小路上看一群蚂蚁赶场。小路边上长满了青草，开满了五颜六色的花。一窝南瓜占领了小路大半部分，沿着小路草地一路延伸出去。我扯下许多青草，采下许多五颜六色的花儿，甚至摘下一片一片的南瓜叶子，堆在蚂蚁身上，不一会儿，我就把小路铺成了一条飘逸流动的彩带。阳光灿烂，照见各种植物上的经络，照见我脸上的绒毛，稚嫩、闪亮。南瓜藤儿离我很近，就在小路边上爬行。我一呼吸，藤叶儿就随着我的呼吸在一点一点颤。藤尖抬起头来，在阳光里歪着脑袋看我，我定定望着南瓜藤上微微跳动的触须和淡黄的花儿。看着看着，好像是看了一万年，我头一歪，依在小路上的南瓜藤到梦里去了。

风微微吹，南瓜藤的触须爬上我的额头，痒酥酥的，手触摸到毛绒绒的南瓜藤儿，一惊，梦醒了。好像一觉睡了几百年。阳光里母亲在轻轻哼唱："南瓜花，吹嘟叭，吹吹打打结南瓜。 南瓜面又甜，人人喜欢它。"我把爬上额头的南瓜藤儿用手掌撩开，可藤儿一弹，又回到了我的额头。它到底要干什么？它细嫩的触须，在我的额头轻轻缠绕起来，它把我的头发当成了它的同伴，它准备和同伴一起成为我的一部分。也许它闻到了人的味道。真好闻。我身上隐约的那种绵长细密的奶味气息，它用触须爬上来，不管不顾的样子，更不在乎我用小小手掌撩开了。它和我较上了劲。

就这样，南瓜藤儿在母亲的歌谣和阳光里爬行，它走过了小路的草坪，爬上了一棵小树，扯歪了小树的身子。小树在风中摇摆，想要挣脱它的缠绕，摇啊摇，它还是死死抓住小树不放。小路那边院墙边，一窝南瓜也长得正旺，它寻思着要去院墙那边看看，它也想站在院墙上，望望院子里的小黑狗和小花猫，望望院子里屋檐下飞出飞进的燕子，望望院子里那一口清澈的老井。于是，它使劲往院墙边爬，它想借助我奔跑的脚步，把它带到院墙边。它寻思着爬上我的额头，我就能把它带上。

可是，我并不明白它的心思。我一遍又一遍用手掌撩开触须，一使劲，藤触须就在空中断了，懒懒掉在了小路边上，那触须还在切切地战栗。我慌了，母亲安慰我，明儿就会抽出新须。

是的，没有人能够阻止南瓜藤赶路。终于，南瓜藤爬上了院墙，蓬勃的叶片和淡黄的花儿铺满了斑驳的墙身。整个夏天，母亲总有唱不完的歌谣。我听见了，菜园子的南瓜、丝瓜们听见了。我记住了一首又一首歌谣："屋檐后，沿角下，挖个洞洞种南瓜。一粒籽，一颗芽，长大开出一朵花。金黄花，开得大，花花落地结南瓜。瓜儿多，瓜儿大，秋后屋里装不下。"我在想，南瓜们其实也记住了母亲唱的那些歌谣。不信？不信看看盛夏里那些结出的瓜果们，个个是笑脸儿。

大约歌唱了几千年，母亲在一天中午，再次走进菜园子，母亲吃了一惊，高声喊我的乳名："快来看，快来看，南瓜长得多像我娃，多像我娃儿的脸。"我跑过去，一个圆溜溜的南瓜被母亲乐呵呵抱在怀里。

黄瓜在乡村小路上翩然而至。放学回家的路上，我穿过一大片玉米林，看到了那带种在玉米林的黄瓜已经挂好了。在黄瓜叶掩映下或露出了一点屁股，或伸出一截指头。夏日的余晖透过来，阳光流金，叶绿如玉。那嫩嫩的新瓜儿，正是入时的美味。我正要伸出手摘下那挂起的黄瓜，一刹那，一只瓢虫像是知道我一样，以迅雷不及掩耳之势扑上挂起的那一枚新瓜，突突突煽动两扇翅膀，亮嗓叫阵："哪个，哪个胆敢闯进我的地盘。"我的小手停在了半路上，再也不敢往前伸一寸。小时候的我，对小虫子总有一种莫名的怜悯，我感觉那些小虫子就像我小小的身子，它们也渴望迎来更多的阳光和雨露。我要让它们，我多想它们能够知道我小小的心思，与它们有着一样简单而朴实的想法。

我蹲在玉米林里，望着小瓢虫在黄瓜的身上跑上跑下，黄瓜身上的小刺点，让它的跑动很不顺当，它有时候要煽动一两下翅膀，优美地跳跃。尽管我有小小的怜悯，但小孩子恶作剧的本性无法改变，我掏出一本书，猛然扇动起来，我发动了一场狂风骤雨。小瓢虫哪里经得起我这般折腾，立马出丑了，慌乱挣扎中，它重重摔在一块石头上，它张开的翅膀被卡在了石缝里面。它还在努力煽动翅膀，把石缝拍打得扑扑响。它煽动几下，又停下来歇一会儿。它太想挣脱出来了，也许是用力过猛，它的翅膀一下断了。小瓢虫一下子跌进石缝的深渊之中。我好像听见一个人影跌下山崖，最后"啊"一样悠长的叫喊声在我耳朵里久久回响。我落下了悲伤的眼泪。

再有，一个夏天去乡下，看见园子的黄瓜，就蓦然想起好几十年前的事儿，虽然早没有了那种与小虫子打斗的兴致，但也禁不住心热，摘了一枚新鲜黄瓜，几下捋了黄瓜身上的小刺，吃得满嘴清香，让人格外心定。

我还做过一件送瓜给女孩的事情，是在我大半个子的时候，突然看见吊在猪圈房背上的冬瓜甚是可爱，一抹阳光打在长冬瓜灰扑扑的身上，闪烁、水灵。灵机一动，想要摘下来送给邻村的女孩。于是，跳上房背，摘下冬瓜抱在怀里。

抱着冬瓜走三四里山路，心里一直想着女孩红扑扑笑脸的样子。冬瓜无心，无心恰是有心的，我突发奇想，在冬瓜的身上写了一句话：冬瓜汤，心灵汤。其实我是没有胆量见那个女孩，我偷偷把冬瓜放在女孩的院子就一股风走了。

回到家的时候，我就看见母亲在抱怨：哪家龟儿子摘冬瓜，不断手爪爪吗？

看着母亲心疼的样子，我上前搭话：不就是一个冬瓜嘛。

"说得轻巧，就一个瓜。不劳神费力吗？"

现在回想起那摘瓜送瓜的日子，眼前就清晰地浮动起老屋前的菜园，阳光闪烁着那种炫目光斑。母亲在菜园来回走动，一会儿弯腰锄草、培土，一会儿直起身子用手擦擦汗水、望望蔚蓝的天空。菜园子里的南瓜、黄瓜、冬瓜们，长势良好。母亲在菜园子慢慢移动的身影，瓜们在阳光里一明一暗。

此时，我想这日子的安稳，其实简单得很，有母亲，有一亩菜园子，有满架满藤的瓜们，足矣。

第三辑　如虫俯地

一只蚂蚁闯入房间

在乡下的土路上，我常常被一队蚂蚁挡住去路，浩浩荡荡的蚂蚁大军，迈着密密麻麻的脚步向前行进。踢踏踢踏，我仿佛听到它们在风中奔驰密密而行的马蹄声。山路上的璇儿风，吹乱了树林，吹不乱蚂蚁大军的队形。这是一支训练有素的马队。这时候，我总要停下脚步注目，进而蹲下身来，静静看它们迈着整齐的步伐行进，看它们叼着白籽爬过小小的土粒，看他们拖着长长的队伍爬上村口那棵老梨树。

小小年纪的我，觉得做一只蚂蚁是多么幸福。那么多一样高一样小的小伙伴，一起走山路，一起爬上高高的梨树看梨花开，看梨树结出香甜的梨子。一点阳光就满足，一土穴就能安放小小的心灵。每一个乡村少年都有一颗小小蚂蚁的心，每一只蚂蚁都遭遇过少年们猎奇鲁莽的行径。我们找来石块堵住蚂蚁大军行进的道路，迫使它们一阵慌乱后，很快改变线路重新行军。我们和小小蚂蚁较上了劲，又用树叶撒满它们行军的道路，它们开始左突右突，一会儿又整装出发了。我们火了，对，用火攻。我们在蚂蚁行军的路上生起了一堆柴火，火光照亮我们每一个少年幼稚的脸庞，照出脸庞上稀疏的绒毛，照出我们一阵又一阵轻浮的大笑。我们还捉来蚂蚁，丢进熊熊燃烧的火堆里，蚂蚁还来不及挣扎，身体在迅速收缩的同时，以最快速度变成一颗小火球，然后再快速的爆出"啪"的一声，火红的蚂蚁身体迅速融化在了火堆里。行军中的蚂蚁们没有放弃，它们绕过火堆，又找到一条爬向老梨树的道路。每一个少年都有一颗不服输的心。火攻不行，那就水冲。每个男孩都掏出家伙，对着行军的马队一阵狂风暴雨般扫射，有温度有盐味，马队一下子溃不成军，个个灰头灰脸，可怜的小家伙，在它们眼里，一滴水就是汪洋大海，这可是七八支"水龙头"拧开在放水啊。

每一个乡村少年都与小小的蚂蚁玩过恶作剧。长大以后，渐渐地远离了这些小虫子。一天夜里，我正练着毛笔字，猝不及防，一只蚂蚁爬上我的书桌，摆动着触角四处张望，它的黑和墨汁一样浓酽。这小家伙来得太突然了，我惊奇地望着它。这是一只非常年轻的蚂蚁，黑亮的身体，肥胖的腹部，性感的细腰，纤长的细腿。它试探性地在我书桌上跑动，有时侯跑得飞快，有时侯突然停下来，摆动着触角。我一惊，这莫不是乡下的哪只蚂蚁认得路来找我了？更奇怪的是，它的嘴里还衔着比自己大几倍的绿苍蝇。绿苍蝇还没有死去，它在努力扇动翅膀挣扎着，蚂蚁死死衔着没有要放下的意思。我从未见过这样的战争，一只蚂蚁同一只苍蝇的战斗。一个要试图挣脱，一个死也不放手。它们就这样在我的书桌上僵持着。苍蝇翅膀的振动幅度越来越小，最后变得悄无声息。我猜想苍蝇或许死了，死在了一只小蚂蚁的口中。

我盯着小蚂蚁拖着苍蝇从我的书桌上离开。它要到哪里去？它顺着书桌腿下去，慢慢地，试探性地往下。突然一踉跄滚下书桌，摔在了地板上，苍蝇痛苦地抽动了几下身子，翅膀在原地弹动了几下，无力地停了下来。小蚂蚁趴在它身上，推着苍蝇向着铁门方向移动。我再也没有心思练毛笔字，马上百度搜索，知道了蚂蚁腿部肌肉是一部高效率的"发动机"，"肌肉发动机"又由几十亿台微妙的"小发动机"组成。一只蚂蚁能够举起超过自身体重400倍的东西，还能够拖运超过自身体重1700倍的物体。我惊呆了，转过身蹲下，看着小家伙拖着战利品离开。小时候在乡下，经常看见一群蚂蚁衔着一截蚯蚓，蚯蚓扭动着身体，也摆脱不了一群蚂蚁的蚕食。住在这个城市，我居然看见孤立无援的一只蚂蚁战胜了苍蝇。夜风来了，有点凉，小蚂蚁应该忙得满头大汗。我看着蚂蚁推着苍蝇一步一步向铁门靠近。书桌到铁门的距离至少有五米，蚂蚁推着苍蝇到达那里至少要用半小时。我一边看，一边想这只蚂蚁是从哪里进入我的房间的。它的造访，让我对房屋的质量有了许多的担心。一只蚂蚁倒是罢了，要是一群蚂蚁在我的房间里，密密麻麻地挤在我几十平米的房间里，不出声，就天天摆动触角，也够让我毛骨悚然的了。我越想心里越刺痛，我的心像要被撕裂开一般，全身突然起了疙瘩。这可怕的小东西，我跟它们独处一室，那不叫我揪心死？那不要了我的命？我听见自己扑通扑通的心跳声，无法调匀呼吸。我再望地板上，小蚂蚁推着苍蝇已经不见了踪影。我赶紧站起来到处找，首先看铁门外的花园里，没有。再回到房间里，我移开书架找，没有。我移开那张大床，床下积了很久的灰尘，还有废弃的几张手纸，就是不见小蚂蚁的影子。我移动书桌，我怕它又折了回去，我没有放过任何一个角落，可是还是没有。我急了，这小家伙到底去了哪里？它竟然是这么神秘，一转眼的工夫，消失得无影无踪。我不知道为何自己这么前所未有的惧怕一只蚂蚁。我反复跟自己强调，小家伙已经不再了。可是我还是一时难以摆脱那种恐惧。它们真像一群蚂蚁一样存在我的房间里，密密麻麻地摆动触角，向我示威，向我挑战。我知道小蚂蚁的记忆功能，它们一旦记住，就是一辈子，它们永远不会忘了进入我房间的通道。我无论如何已经很难摆脱它们的闯入，它们随时都可以进入我的领地，注视我的生活，窥视我的一切。这才是我真正心悸的所在。梦魇一般。

我不知道这蚂蚁何时进入到我的房间的，它们一点信号都没有给我。它们窥视到了什么？我的那些小动作，比如抠鼻涕，它都注视到了。还有我写的那些恶毒语言，小家伙躲在暗处都看见了。我有一些不安，我无法专注做事，一想到那一只小蚂蚁推着一只苍蝇离开书桌，我就担心哪一天它还会从我这里搬走什么。

要是哪一天我正酣睡，一只蚂蚁从地板或者从铁门外发出："各姐妹注意，各姐妹注意，前方有一条毛毛虫，请速去搬运。再播送一遍，前方有……"我的妈呀，它们整齐地从秘密通道齐整整进来，把我当成一条毛毛虫抬出去了。我陷入巨大的惧怕中，挥之不去的惧怕中。我一遍又一遍问自己：这是不是因果相报，小时候那群可爱的小蚂蚁哪里去了？

一只古老的虱子

这天，浑身奇痒难忍，用手挠，后来干脆脱了内衣翻找，心里咕噜："莫不是招惹了虱子？"

虱子，这个古老的小虫子，与我的童年紧密联系在一起。想到这个小虫子，心里有苦也有乐。先说三种苦吧。一种苦，就是这小虫子一旦在身上扎根，好像总是消灭不完，今天在衣袖里，明天又爬上头顶。二种苦，是痒，奇痒、痛痒。只要这小虫子在身上，浑身就麻酥酥痒，好像这小虫子有无数触须，只要触须一摆动，皮肤就痒起来，好像无数小虫子手拉手在身上跑步，又好像是无数小虫子猴子捞月亮一样在身体里倒腾。在身体温暖的腋窝里、大胯处，它们选择一块肥沃的地方，伸出爪勾刺，密密刺向皮肤深处，使劲吸血，这时身体就火烧火燎痒起来。它们吸饱后，就躲在温暖的衣服褶皱里呼呼大睡，看你在那里抓挠，痒去吧。三种苦，是让人脾气暴躁。身上有了虱子，痒急了，有时候想对着大山吼，想对院坝里站着的老梨树发脾气，想一脚把跟随在身后的黑狗踢个老远。传说，恐龙的脾气暴躁，是因常年被小小的虱子折磨和骚扰。我甚至想，恐龙的消失，也许与这小小的虱子有关。

在我那个贫穷的童年时光里，小小的虱子带给我不少愁苦，可也带给我不少欢乐。回想起来，也有三种乐。

一种乐，小小的虱子是我童年游戏比赛时的一种玩物。乡村的初冬，阳光暖洋洋的，院墙边的老太太们一边晒着太阳一边帮彼此摸虱子。我们几个孩子哪能静得下来，商量着什么可以玩。狗娃子在自己身上摸索一阵，竟摸出好大一颗虱子来，摆在一块光洁的石板上。也许虱子还没有适应石板的温度，呆头呆脑地卧在那里装死。狗娃子说："咱们各自在身上摸一颗虱子来，看谁的虱子跑得快。"话音刚落，我们都把手伸进自己的身体里，在腋窝处、大胯处好一阵摸索。我在大胯处的裤缝摸出一颗黑褐色的虱子。狗娃子一掩鼻子打趣道："哎，一股尿骚味。"待各自的虱子一一被丢在石板上排好队，狗娃子一吆喝，我们摸一下各自虱子的屁股，"老虎屁股摸不得，虱子屁股摸得。"虱子一下子就冲了出去。最后，我那颗黑褐色的虱子跑出了第一名的好成绩。比完赛，各自用指甲一摁，处死虱子，石板上留下虱子的斑斑血迹。

二种乐，小小的虱子是喂鸡的最好饲料。我家大红公鸡带着五只母鸡在草地上啄食小虫子，大红公鸡找着一只小虫子，不急着自己吃，而是咯咯叫母鸡们过来，母鸡听见公鸡咯咯叫，扇动翅膀飞跑过去，抢着叼食公鸡嘴里的虫子，大红公鸡趁机扇动翅膀撑上母鸡背上，完成一次伟大的"踏蛋"行动。我在心里骂："狡猾的大红公鸡。"那时候，这些乡村动物启发了我，舍得，舍得，要先舍才有得。那时候，我站在院坝里，咕咕唤来大红公鸡和五只母鸡，脱下衣服，使劲抖动，衣服缝里的虱子抖落下来，鸡就咯咯在院坝里啄食。啄食完，鸡都偏着脑袋盯着我，像在问："好吃，还有吗？"我一挥衣服，说："没有了哦。"鸡四处逃散，又跑进草地觅食了。那时候，只要我一站在院坝里抖动衣服，鸡就会条件反射般围拢过来，我就像"鸡司令"一样站在鸡中间。

三种乐，捉虱子是一家人围坐火炉时的消遣活动。冬季夜里，农家生起疙瘩柴火。一家人围坐，黑狗也挤进来，坐在火堆旁。有时，一家人摆摆家常，有时候煨一壶包谷酒，热了就转起喝。更多时候，围坐在火堆旁，身上暖和起来，身上的虱子也活动起来，在衣服缝里不安分地爬来爬去。这时，一家人开始摸索起虱子来，摸到一颗，就掐死一颗。除了柴火噼里啪啦的燃烧声之外，就是掐死虱子的声音。一天夜里，爷爷摸到一颗虱子，顺手丢进火堆里烧死了。虱子丢进火堆，有时是"嘭"一声脆响，爷爷就说："这是一颗饱鬼。"有时是像自行车跑气的"噗哧"一声，爷爷就说："这颗只吃了一个半饱。"全家人摸索到虱子再也不在衣服内掐死，都摸出来丢进火堆里。父亲的、母亲的、兄弟的，都丢进火堆里，火堆里噼里啪啦的燃烧。甚至，挤进火堆里的黑狗也用前腿抓挠着自己的耳朵，挂在脖颈的铃铛也"叮铃叮铃"响起来。火堆旁，一家人甚是高兴。只要谁逮着一颗虱子，就高兴好一阵子。每个人听见火葬虱子的脆响，心里就有了说不出的安慰。看着一颗颗虱子在火炭上变红脆响，最后燃烧成火炭上的一个小黑点，我在心里说："有虱子真好。"暖暖的火堆，暖暖的一家人。回想起来，好像那个冬季每天晚上都是痒着温暖的，每天晚上的梦也是甜蜜的。

小小的虱子，这个古老的小虫子，今天已经消失了，我却还时时怀念起它的那种痒和温暖。

一棵树在城市的夜里死了

　　那些死灰色的路灯，那些招摇的车灯，那些闪烁的霓虹灯，交叉打过来，成为夜晚重要的元素。在这样的夜晚，我会突然感觉大地是如此灰暗和隐秘。灯光打在我对面街上房子的墙壁上，窗户上。墙壁是那种粉红色的墙面漆，反光、跳跃。街道两旁的树和路灯，像是看透这世间一切，在那里稳稳地站着，不说话，不露半点表情。从乡村移栽进城的那一棵白果树，像是还在沉睡。自从去年移栽过来，它身上就插了无数的输液管，当时儿子走到它的身旁看了，叫喊着：输的是大树成活素。大树的血管在哪里？我无语。大树输液痛不痛？我无语。儿子问的好多问题我都无语。当时阳光打在白果树上，就像此时夜晚的灯光投在它身上。看不出它进城的那种兴奋，也看不出它丁点的悲伤。它更像在沉睡，几场春雨，别的树已经打芽冒尖，它依然纹丝不动。

　　每次我经过它身旁，都要站一会儿。哪怕现在我要急着穿过街道，街道那旁的儿子还在等我回家。我还是要停下脚步，在昏暗的夜色中凝望它。我害怕它不习惯这灯光，就像我刚进城时一样异常惧怕城里的灯光。惧光，是乡村人的反应。乡村的夜不像城里那么招摇。夜里偷偷点

126

着火把，或者摇着手电筒，去见心爱的人，那夜里的光多像扑闪扑闪的一颗颗心在跳动。乡村的夜不像城里那么霸道。走上山路，贼亮贼亮的月光陪伴着，多像羞涩的情人跟着，拽着手，偷偷跟着，脚步声都不敢踩重了，生怕惊飞了树丛中的山鸟。我怀疑城里的灯光把白果树晃成了瞎子，让它看不到春天跑过山岗的影子。我还害怕城里的喧闹吵聋了它的耳朵，让它听不到春风翻山越岭的声音。白果树夹在两棵白杨树中间，白杨树已经发芽抽枝，那嫩嫩的芽儿，在闪烁的灯光里闪光，在丝丝风里跳舞。白果树死了？这个念头一闪现，我急着走过去，用手轻轻拍它的身子，像是母亲轻拍沉睡中的孩子。它没有醒，只有那没有生机的枝条摇晃了一两下。我又折了它垂下来的枝条，一折，就断了。折断的声音穿过街道，又折回来，干脆而坚定。它真的死了，在这昏暗的灯光里。没有人发现它死了，它身上还挂着输液的干瘪袋子。没有人发现它睡过头了，它再也不会在这个春天醒来。迟到的发现晚了，我救不了它。

　　我宁愿相信它是老死了，就像村庄的一茬又一茬的老人。活够了，就倒在阳光里的墙壁边一口气缓不过来死了。阳光照着，人不在了，笑容还在。村庄的那些树也是一样，活够了站在风里老去。死了，或站在风里，像一面不倒的旗帜；或倒下卧倒，千年万年不朽，凄凉里含悲壮，孤寂中显倔强。可是，城里绝不会容忍一棵树的死亡。一棵行道树死了，它一定不会站在城里的风中，也不会卧倒在城里的街道上。想想这些城里的树，它多少有些像在城里浪荡的我，也有点像四处乱撞的我们。

夜色中的城市张狂而忙碌。它的张牙舞爪，令人窒息。来往的车辆显示了城市的繁华。有时侯，人比车辆安静。慌乱的车辆代替了人。在夜里看着那些风驰电掣的车辆，就知道车上的人不是去约会，就是去赴宴。他们多么希望这个时候的街道就是一个人的高速公路。车里的人比高速运转的轮胎还要急。

我不急，我也无心猜测他们将去向哪里。心里一直想着那棵白果树。它是怎样进的城里？春天都来了，艳阳也照过来了，它为何还不醒来？它是被吊车吊离故土，装上汽车，一颠一簸进了城。那天，它看见好多的人，打着领带，蹬着皮鞋，溜光水滑的脸。它大声喊着：要做什么。没有人理会，吊车已经一点一点带它离开故土。它在那里站了几百年了，脚下是不停歇的溪流，身旁是一片竹林，竹林下是那两个经常拌嘴的老两口的瓦房子。可是，粗暴的声响吓跑了停在它头顶的云彩，吓得叽喳叫的喜鹊四处飞散。多美好的时光啊，两口子拌嘴的时候，它就静静站在那里听，听见他们甜蜜的争吵它偶尔也摇摆几下身子，偶尔也在风中笑上两声。那刚孵出的小喜鹊，它经常能听见一家子亲热的闹腾。还有那些鸡经常在它的树荫下扑棱翅膀，腾起的尘土四处飞扬。还有那一头黄牛经常拴在它的身旁，牛是乡村的思想家，那水汪汪的大眼睛比天空空旷，那反复咀嚼的声响永远落在乡村的最痛处。它没有来得及对这美好说声再见，就被带上卡车，颠簸着进了城……我无法把一棵白果树死在城里的悲伤说出来，没有人听见一棵树的死亡宣言，也没有人听我的胡言乱语。可我的心还是碎了，在这个夜晚里，在一棵死去的白果树下。

　　我更愿意那棵死了的白果树继续站在那里，我从它身旁经过的时候，能继续投去我温暖的目光。我很想收留它，要是我有足够大的一个庄园，我会收留城里所有死亡的树。可我知道，那只是我一个凡人最完美的梦想而已。

　　但我祈求梦里的白果树不死。

一片雪花接住

　　雪花飘在夜色里，飘在城市喧嚣的夜色里。孤独又肆无忌惮地飘舞，静悄悄落在城市街道，静悄悄飘进跳跃闪烁的灯光里。在深沉暗淡的街道上，在这迷离破碎的灯光里，没有谁注意到雪花的降临。没有谁注意到这圣洁精灵的到来。

　　雪花啊！没有人再这样发自内心的迎接。我站在潇潇洒洒的雪花里，每一朵雪花都是我似曾认识的女人。我看不清楚她们的面孔，但我又可以清楚地感受到。她们一律戴着白色口罩，头发统一用一条紫色的沙巾束着。我知道，只有一双水汪汪的大眼睛，才会在寂静的夜晚抵达。只有那一双双纤细的小手，才会叩开夜晚这扇沉重的大门。她们更像是一群长不大调皮的女孩子，一样的身高，均匀的腰身，婀娜多姿的舞蹈，没有忧伤和琐碎，她们像春天"噌噌噌"从土里冒出的草芽。鲜嫩，可爱！这漫天飞舞的雪花，不知道我在看她们。我走不进雪花的内心世界。当然，更多的时候，我只看得见手舞足蹈的人们。他们不会因为这是一场圣洁的相会，依然忘我地喝酒，依然放开嗓门吆喝。他们更不会因为这是需要宁静而收敛，依然使劲按着汽车喇叭，依然风驰电掣地奔跑。在这样的世界里，我低着头，这是我唯一能做到的。

不知什么时候开始，一个蓬头垢面的男人在雪花飞舞的街道上手舞足蹈。他踩在地上的脚步很轻，像是在云上飞翔。他没有发现身后奔跑的汽车，没有看见城市霓虹灯的闪烁，更没有听见那些酒馆里放肆的喝酒令，他看见的只是那些飞舞的雪花。我似乎对雪花特别感兴趣，摊开双手一片又一片地接那飞舞的雪花。有时候迎接不必刻意准备。就像这漫天飞舞的雪花盈门，只管在雪地站一会儿，那就是一种最隆重的仪式。如果还需要做的，就是满含憧憬地默念那句：千里冰封，万里雪飘……满含憧憬凝望又一个春天的蓄势待发。

有人在喊："疯子，疯子。"他好像没有听见一样，仍然小心翼翼地摊着一双手，一遍又一遍地接着那一片又一片飞舞的雪花。接住一片，他会满足地微笑一下，并摇晃着脑袋。他摊着的那双手更像是在向路人乞讨，他的高兴劲更像是从上天乞讨到了满钵的黄金。这时候，他露出的浅浅笑容感动不了雪花，雪花仍然冷漠地飘着，一望无际地飘着。我突然感觉他是想在漫天飞舞的雪花里表达什么。我说不准他要表达什么，但我相信他一定在向这个世界述说着一件高兴的事情。也许他是回到了童年那场雪里，在行为上他显示了对过去的回忆和对自己的救赎。在心灵深处，他一定不会忘记童年那场雪，只要神经触到敏感处，一定会唤醒全部。

"嘎"一长声，一辆飞驰的黑色轿车生气地停在他身后。车窗飞快地摇下来，随即一个打扮时髦的女人伸出头，涨红着脸吼：找死啊，找死嘛！死东西。我被这一阵吼声吓着了，身子不由得抖了抖。他呆呆站在街道上，依然微笑着，依然摊着双手，那飞舞的雪花一片又一片落在他的手窝里。那神情就像旷野的一只鸟儿，平静地在雪地上抖动着羽毛。那神情更像是雪地里的一只狼，两眼放出冷漠的光芒。他一定忘了这是喧嚣的城市，自己是一个街头的流浪汉。在平时，他一定不会招惹这些城市的东西和人，他知道各行其道，互不接触。可今夜这梦幻般的景致，这雪花漫天飞舞的城市，在他眼里已经变成了梦幻的城堡。也只有这个时候，他才感到这城市是一座美好的花园，所有的肮脏都被这圣洁的雪花覆盖。那些飞驰的轿车，像是跳跃在乡间小路上的黑狗、黄狗；那些匆匆忙忙行走的城市人，像是乡间从一个土堆向另一个土堆搬家的蚂蚁；那些闪烁的街边霓虹灯，像是乡间旷野闪烁的星星。

即使这样，他还是没有离开城市街道。他找了一处冷清的街沿坐下来。我注意看了他，才发现他并不是蓬头垢面的，身上的衣服显得有些宽大，一张英俊的脸沾满了黑糊糊的灰尘，因为雪地的映衬，那些黑显得有些夸张。也许他刚刚从一口黑乎乎的矿井出来，就被这飞舞的雪花震住了，一下子震懵了。也许他是从茫茫尘土的砖厂出来，远离灰尘和噪音，一下子晃花了眼睛。不管是矿井还是砖厂，他的眼睛长时间在黑暗里钻探和挖掘，异常惧怕突然到来的光亮。乡村出来的人，都惧光。

他依然故我地摊着双手，笑嘻嘻地接着那些飞舞的雪花。他是爱上了雪花，看着雪花一层一层把城市的房子、车子、广场覆盖，让他感受到了一种兴奋和冲动。他似乎与雪花较上了劲，静静坐在那里，微笑着迎接雪花一片一片飘进他的手窝里。实际上，雪花一落进他手窝，雪花就融化了。他不管那么多，拿出了坚持到底的态度，任雪花飘落，任雪花在手窝融化。我不知道，一个人这么坚定地接纳一片雪花，有着怎样澄清的心灵。我也不知道，这种接纳是通过眼睛，还是通过心灵来完成的。一个人久久注视着一片雪花，在他眼里那雪花又是何等的亲切和美丽。

多么可爱的一个人。当他远离黑暗时，他表现出了多么幼稚的欢乐。欢乐其实多么的简单，只要感觉到了，他就会为心灵的东西奔跑舞蹈。不管是在怎样的环境，选择怎样的方式，他想要的欢乐，就一定会得到。一个人在夜色沉沉里，注视并以一种虔诚的方式接住一片片飞舞的雪花，是多么不可思议啊：作为一个人，不该对漫天飞舞的雪花上心。如果上心的话，这个人一定有病，病得不轻。他这样胡闹，一言不发地坐在大街上，摊着双手迎接雪花，也只有一个疯子才会那么傻。他摊着双手乞讨，期待所有美好像雪花掉下来吗？

看到一个人如此迎接一片片的雪花，我会突然发现生命相互映衬的美丽，会发现人对一片雪花的友好和敬畏。最高境界呀，其实就是旁若无人地观察一片雪花的飞舞，或者摊开双手接住上天飘来的雪花。静下来，我会突然觉得大自然就是一面镜子，每个人都可以在里面找见自己的影像。

雪花还在飞舞，走进来照照吧！看看浮燥、肮脏的自己。

一棵白菜的快乐

　　没有几个人注意到他。许多年他都是这样，在擦黑的时候，弯着有些驼的腰，怀里抱着一棵白菜，跨过一条街道又一条街道。他有时像风一样在城市角落移动，有时像云一样缓缓在街上移动。

　　我在房间里有一种彻骨的寒冷。向窗外望出去，黑夜那种朝夕相伴的朦胧意味和气息，总让人有一种疲倦的感觉。我累了。此刻，说不清为什么，我在黑夜中看见他跳进来，那种熟悉的背影和熟悉气味，突然让我体味到了一丝暖意。紧挨街道的窗台很宽阔，我的视野放得很宽，放眼望去，我就打量和思考到窗外的物事。

　　一波又一波的人走过去，一波又一波的人走进来。人群中晃动和重叠着一张张模糊的脸。生活中有着千万条触须，每一条触须都异常灵敏。不要思考好多东西的意义，活着本身就是一个日渐变得疲惫和麻木的过程。不管怎样的风起云涌，这个过程正在把人从波澜壮阔逐步推向风平浪静。我安静地站在窗台边的最大意义和价值在于能够看见这个世界，能够观赏到那些过往人群。

　　只有光配击破夜的寂静。我在一束束光影中看见他走进来。一闪一闪的，怀抱白菜的身子多么的满足。他绕过街边的那棵小叶榕树，那些树上的鸟还在叽叽喳喳吵，他停在树旁，把怀里的那棵白菜往腋下送了送。我似乎听到他与鸟儿的一段话，我能感受到他的心里。

"原来，你们鸟儿也喜欢这城市的热闹？"他在心里嘀咕着。那些鸟儿依然大吵大闹着："热闹！热闹！光的热闹，影子的热闹，风的热闹。"

"我需要安静。这城市太吵了，连鸟儿在夜晚也不消停。"他抱怨着。鸟儿吵得更欢了："又是一个——一个进城的农民。"他把怀里的白菜夹得更紧了，头也不回地往前走着。他没有惊讶鸟儿都看出了他的身份，他心里向往着自己那个安静的角落。

他把白菜从左边腋下换到了右边。这时候我感觉到他是从田间归来一样，顺手从地里拔了一棵白菜。那白菜帮子上的露水还在，那白菜根上的泥土还在。他走在大街上，就像走在回家的田间小路上一样，踏实，平常。他对自己说，活得安静庸常点，那些光的热闹、影子的热闹、风的热闹见鬼去吧！他像抱着自己亲爱的孩子，踏实，享受，步调缓慢，他对自己也对怀里的孩子说，回家，回家，回家多好！

想到那个安静的角落，他心满意足地笑了。尽管在这个城市，一个小小的角落都不是属于他的，他还是满脸微笑。那个角落有他的爱人在等他回来，那个烧煮的一锅清水在等他怀里抱着的那棵白菜下锅。每天他这样抱着一棵白菜回到小角落，这些固定的动作和距离，共同地构成一道温馨的风景，构成了他在城市进出的旋律。在小小的角落哪个地方放着妻子的化妆盒，哪个地方放着衣服鞋子,他闭着眼睛都找得到。他行走世间，靠的是一颗柔软的心。他行走在城市角落，靠的就是怀里抱着的这么一棵温暖的白菜。他爱着这些小欢乐，哪怕有时这些小欢乐只是闪现一下，他还是始终保持着淡淡谦卑的笑意。哪怕这个小欢乐有时侯会像春天河流上漂浮的薄冰，一触即碎，他仍然小心翼翼地呵护着，不管那些小欢乐在还是不在，他永远都是那么淡定和安宁。

　　街边一个拉三轮车的喊他，他把抱着的白菜放在三轮车车沿上，站着和拉三轮的抽了一会儿烟。他们两个面对面站着，满口满口吸着烟。两个脑袋在灯影下闪着光，那种普通的蓝色衣服有小小的褶皱，一个年龄大些，五十多岁，一个看起来四十多岁。他们说着租房子的价格，说着城市的菜价："我那个房子沟子大的地方，一个月要三百元。""我那个地方还不是贵得吃人，两口子站着打不开转转，还要三百元呢。""那你们两口子干脆躺下，不干事方便嘛。""安静不下来，好像到处都是吵闹声，不安逸。"两个都意味深长地笑出了声。说完房子，开始说菜价。"你晓不晓得，一棵白菜到了四元。""要是在村里，地里的白菜随便砍。""这哪是村里，走一步路都要钱。"说完这些的时候，那些焦虑一晃就不见了，一转眼就消失了。他们悠然地抽着烟，在烟雾弥漫中幻想着村里遍地的青草，满目的青草。遍地的白菜，满目的白菜。一杆烟抽完，他说：走了，走了。拉三轮的看见车沿上的白菜滚了一下，急切地喊：白菜，白菜。那声音就像淌过田野的溪水，甘甜、滋润。他折回去，抱起三轮车车沿上的白菜，咧嘴笑了：忘了，我的白菜，白菜。

　　我从窗户望着他抱着一棵白菜走进夜色里。我在想，他们在沟子大的地方把一棵白菜切细、洗净，放进锅里煮熟，两口子埋着头喝完白菜汤的那种知足感。我在想，他们就那样安静地听着彼此的心跳，在城市角落安静享受着一棵白菜的快乐，也是一件幸福的事情。

一匹马的呼吸

让开，让——开。有点稚气的声音急促地从我背后传来，我迅速把身子闪开，一阵风猛地从身上扫过。闪开的一瞬间，我看见一少年拉着一架子车的东西从我身边飞奔而去。少年两只手死死攥住架子车的车把，身子使劲往后靠着，架子车趁着惯性奔跑着，少年尽可能把身子向后靠，控制着跑起来的架子车，少年几乎伸直了身子。跑着跑着，架子车慢下来，少年又两手撑下，两脚一弹一弹地带着架子车跑动，架子车又趁着惯性跑起来了，少年又伸直了身子。少年脚下就像安了弹簧，轻轻一着地，身子就弹了起来。他敞开的衣服，被风吹得呼啦啦响。我突然一下子激动起来，这少年多像一匹血性刚烈之马在飞奔。

就是一匹马啊。少年身上的汗水洒过来，一种乡土的味道、乡野的气息扑过来，我凑了凑鼻子，深深吸了口气，像是站在乡村缥缈的雾里，像是站在乡村的小溪沟沟里。少年的样子，就是一株草、一棵树木、一穗麦子、一株玉米、高粱的样子，憨憨地站在风中。少年飞奔的样子，就是一匹马在陌生的城市左突右撞，怯怯的生怕撞了城市的垃圾桶呀、行道树。我真担心他撞了城市这些不会说话的东西，有时侯城市不说话的东西，比说话的人要高贵许多。少年拉着一架子车的纸箱子，纸箱子高高码起，远远高过了他的身子。他单薄的身子还在生长，却承担着那么重的担子。我记着乡村许多草被石头压着的样子，草很倔强，从压着的石头缝里探出头，又一点一点站直了身子。这个少年被那么多的纸箱子压着，他怎样仰起自己的头？我欣赏草的气节，可怜少年弯曲的身子。我记着乡村一匹马的样子，在田野，在小路，年轻的马尥着蹶子，年老的马站在风里沉思。一匹栗色的马曾经越过麦地扫过来的眼神——高傲、跳跃，青草一样纯净、明媚，像是我还没有长大的兄弟。一匹枣红色的马曾经无数次看过我的眼神，那眼神与母亲有关。母亲不但在村里种着小麦、玉米、高粱这些庄稼，还用漫山遍野弥漫着中药味的青草喂养着那匹枣红马。每天早晨醒来，我看见母亲担水的样子，也听见枣红马在晨雾中的仰天长啸。偶尔碰到枣红马似解非解地注视我的眼神，我以为是母亲突然从种庄稼的空隙抬起头来望我的眼神，美丽、深沉、温暖。

　　少年奔跑的样子，就是一匹青草一样纯净、明媚的栗色马。我兄弟，我的兄弟，我突然喊出了声。我想跑过去抱着我的兄弟，摸摸他的头，握握他冰裂的手掌。哪怕跑过去，什么也不做，像小时候抱在一起，享受彼此呼吸也好。我的脚，在城市迷离灯光的怂恿下，突然抬起，加快脚步跑了起来，我要追上我兄弟的架子车。我不知道，真要是追上了那少年会是怎样的情景：像我一样惊讶地喊出声，还是怯生生打量着我，一点也兴奋不起来。在他血性刚烈的身上，还能涌动着乡村的千山万水吗？在他明媚的眼睛里，还能储满那么多田野的纯净，大地的善性吗？在他光滑的脊背上，还能落满那么多的尘埃和阳光吗？在他年轻不谙世事的脸上，还能写满那么多的平静和清纯吗？我说不清能不能，我在城市的大街小巷飞奔着，我要找寻我拉架子车的兄弟。

在我前方的视线里，灯光里围了一堆人。我加快脚步跑过去，刚才拉着架子车飞跑的少年光着膀子，被围在人群里面。这不是我兄弟吗？少年满身的汗水在夜晚闷热里的灯光下熠熠发光。从争论中我知道，少年不小心撞了跟在妇女身后的一只狗。少年有些心虚地站在那里不知所措，眼睛一会儿盯盯妇女怀里金黄色的小狗，一会儿茫然地盯着围过来的人群，像要从人群中找寻着能够跑出去的道路。赔得起吗？好几万呢，再说了，这是我的心肝，其他的狗能代替吗？打扮时髦的妇女打了一连串的问号。少年的样子更加狼狈，每一颗闪光的汗水都在颤抖，他不知道说什么，他只有小心急促地呼吸着，像一匹跑累了的马。他试探着又瞄了一下妇女气红的眼睛，那怯生生的样子真像一只要过街的乡下老鼠，瞄一下，马上收回眼光，然后再试探性地瞄一下。少年试探性瞄了几次，都没有把握说出一句合适的话。他依然小心急促地呼吸着，胸口上下起伏着，少年还停在他疯狂的奔跑中。妇女突然扇了少年一耳光。吓得她怀里的金黄小狗都呜呜叫了起来，少年没有叫，他还是站在迷离的灯光下急促地呼吸着，少年终于醒了，低声地说出了一句：对不起。

我看得很清楚，那是一只漂亮的手，涂着红指甲的手，戴着金戒指的手。要不是那一耳光，这只手很容易让人联想到钢琴高雅的黑白相间的键盘。不知道怎么的，我感到那只手的厌恶。妇女骂骂咧咧余怒未消地走了，她的背影高傲又性感，一边走一边轻轻拍打怀里的小狗。少年的脸猛地抽搐了一下，低头拉着架子车走了。我知道，我的兄弟哭了。

　　我呆呆站在那里，一动不动，像是什么东西把我震住了。在这万头攒动的人海中，我仿佛再次听见少年小心急促的呼吸。在这匹马的呼吸里聆听，我心上撕开的伤口永远无法愈合。

一件外套的飞翔

　　从玻璃窗看出去，我正好看见他坐在街边，靠着街边的广告栏，眯着眼睛磕睡。巨幅广告上的女人艳丽光鲜，女人手指上的珠宝闪烁着耀眼的光芒，女人陶醉的表情像夏天一株泛着麦黄色的麦子，颗粒饱满，麦穗下垂。一阵风吹来，麦浪翻滚，光芒闪耀的景象会把人激翻。等风停下来，麦浪很快恢复了原来的样子，一幅幅的麦黄色国画镶嵌在大地的褶皱里，好像什么事情都不曾发生的样子。这是麦黄色的一个夏天。

　　他靠在巨幅广告栏的柱子上，甜蜜地睡着。他的扁担靠在街边墙上，跟他一样陶醉。他的一件蓝色外套挂在扁担上，等待主人醒来穿上。扁担默默蹲在一旁，用担当守着主人的生活，用身体的光芒，照着主人的幸福。扁担知道主人累了，他看见主人肩上的那块老茧。每每担着一担子重东西的时候，扁担就要自己变得柔软一些，好让主人肩上好受些。有时侯，看见主人肩上磨出的丝丝血迹，点点滴滴，断断续续洒下来，似乎在提醒着什么。扁担知道，这个出血的肩膀承载着怎样一个家庭的幸福。

　　很多年前的一个夜晚，一棵梨木被主人在月光里打磨成了扁担。

记得那是一个清夜，扁担在主人手里掂来掂去，放在肩上的时候，那是多么年轻的一个肩头，能感受到年轻骨头的坚实。村头桥头的月光明显要厚一些，亮一些，当时年轻的主人还兴奋地去村头老井担了一担水回家。一路小跑回去，月光荡漾，扁担兴奋得和主人都叫了起来。那叫声穿过山头又折回来。一只猫在草丛里跳跃，一会儿"嚓"的一闪，消失在月光里，只听见猫奇妙的叫声飘出好远。这个夜晚，扁担站在门外，听见年轻主人与年轻女子切切私语，忽然，扁担看见天上一颗流星"嚓"的一闪，一束亮光倾斜着降落，从亮到淡，从天上垂直而下，一道抛物线划过天际，掉进了对面的小河里。年轻主人也好像"扑通"掉进了水里，那种兴奋和激动伴着水畅游。猫一跃，蹿上房梁，把房里翻箱倒柜的老鼠吓得四处逃窜。一会儿，河水平静下来，年轻的主人平静下来，星空安祥，四野寂静。扁担是这个夜晚整个事件的目击者，也是这个夜晚秘密的拥有者。现在想起来，扁担动了动身子，笑了。

跟随主人这么多年，有一件事扁担感到最幸福。这个世界上，无论与什么东西（人尽管有时侯不是个东西）相处久了，都有了一点彼此的照耀和呼应。扁担与主人相处久了，一接触到主人的身体，就有一种异常敏锐的触角，主人一点伤风感冒，一点情绪波动，都会感受得到。什么样的人，就拥有什么样的东西。扁担天天跟着主人，也算是人与扁担的缘分。沿着城市街道，主人扁担的一边箩筐里挑着小女孩，一边箩筐里放着小买卖。他走街串户，一角一分地攒，一把汗一把汗地往前赶。有时侯，他坐在街沿上，望着箩筐里活泼可爱的小女儿，他所有的累就消失了。他会把小女儿抱在湿漉漉的怀里，把小女儿亲了又亲。这时候，扁担立在那里，像自己抱着孩子一样幸福。在拥挤的街道上，主人偶尔会抬头看看蓝蓝的天空，指给年幼的女儿。小女儿就这样渐渐长大，扁担很少看见小女儿了，只看见主人空空的箩筐，和那满箩筐的小东西。主人有时候孤独望着天，那么幸福，又那么茫然。

默默藏在这一切后面的，是那憨厚的扁担。对主人的了如指掌，对主人的熟悉和平淡，目睹过往，扁担还真希望，等主人磕睡醒了，披上挂在扁担上的那件蓝色外套，在风中敞开胸膛，像年轻时候一样飞奔在大街小巷。外套飞翔，扁担飞翔。

主人在麦黄色夏天的风里飞翔。很轻、很柔的风，他躺在蓝色的波浪里，望着蓝色的天空，好多的蓝色，好深的蓝色。他突然发现自己的女儿在天空飞翔，像仙女一样飘逸，像云彩一样跑动。他呼喊女儿，呼喊女儿下来，女儿在厚实的云彩深处，好像什么也听不见。他使劲一喊，云朵纷纷坠落下来，覆盖在他的身上。他浮在蓝色波涛中的身体一点一点下沉、下沉，深不见底的蓝色，深不见底的波浪，蓝色包围得他发不出任何声音了。他一惊，醒了，挂在扁担上的外套被风吹落在地上，像风中停歇在石头上的一只孤独的鹰，警惕、淡定。

一枚苹果飞出好远

走在街上，突然就看见新鲜苹果的微笑。有人手里拿着一枚苹果，苹果红脸上的雾气还在，弥漫在那赶路人的手指上，苹果的微笑不骄傲，也不张扬。

我家乡姑娘们红扑扑的脸蛋，结实的胸和臀，跟家乡圆滚滚的苹果一样裸呈着肉质的、原始的性感。苹果苹果，紧紧挨在一起，轻轻一叫，它们都会红着脸望着。一枚一枚的苹果挨在一起，多像满堆的瓷娃娃在一起。把手伸向它们中的任意一个，瓷实，一个很乖的苹果在手上，生怕那尖锐的指甲划破了细嫩的皮。指甲一不小心挨上了，能隐约听见它发出凄厉的尖叫。

阳光的苹果。家乡房前屋后栽满果母子树，苹果树，梨子树，樱桃树，李子树，一字排开。果母子树多，阳光就多。记得青苹果还是指蛋大的时候，我们就翘起青勾子，偷偷摘了，以迅雷不及掩耳之势喂进嘴里，那个酸，那个涩，现在回味起来，还满口生津。从别人房前的苹果树经过，瞅准没有人，站到树下，屏住呼吸，双脚跳起，摸起一个苹果摘起就跑。跑出好几里远，确认身后没有人，或者狗撵来，才把手里那一枚捏出汗的苹果喂进嘴里，有滋有味啃起来。远远望着那摇曳的苹果树枝，像是胜利的挥手，更像是摇晃的OK手势。人在满足自己欲望的时候，就忘了潜在的危险。一次，我跳起摸高，摸到那还有些毛绒绒的青苹果时，心里那喜悦才刚刚荡漾起一点涟漪，正准备一圈一圈荡漾开来的时候，一条黑狗就从院坝土盖上跃下来。形容像离弦之箭射来，一点都不过分。我简直都呆了，定定站在那里，摸高的手也停在半空中，一时忘了收回。如离弦之箭的黑狗，射到我面前，还没有等我反应过来，它又以离弦之箭的速度射了回去。调转头站在院坝土盖上狂吼。我一下子明白了，狗怕不动的人。狗叫嚷了半阵，也不见一个人出来。我又明白了，这家就一只看家狗在屋里。狗会吼，但不会说人话。我在心里说：吼吧，看你咋吼破嗓子。我慢悠悠跳高摸起一枚苹果，摘了捏在手里，转身走了。黑狗显然不服气，又跳下土盖射过来，我突然转过身，站在它面前。黑狗一愣，突然站住，脚下土块四处飞。黑狗站住，我转身又走。黑狗嘴里发出不服气的低吟：没见过这么怪的人。黑狗悻悻回去。我啃着青苹果，笑出了声。

那时候吃个苹果是吃稀奇。苹果没有熟透，就偷吃完了。青皮的苹果，要是结在树顶顶上的，会挨到秋天去，秋天的树叶一天天黄起来，青皮的苹果也会一点一点变了颜色。那红，那黄，那青会瓷实地嵌在果皮上，很脆，瓷一样脆，是那种年代久远的瓷，蕴含着清水的温润、供奉着岁月的厚重，是那种碎花一样的棉布，铺陈着梦幻的色彩、闪烁着迷彩的光芒。采摘是一种仪式。让秋风这双大手来采摘吧，在清晨，有阳光下来，有露水下来，然后，风打马过来，苹果和几片树叶落在草坪上，很重地落在草坪上，一幅色彩缤纷的国画铺在地上。秋天的暖阳照着，扑鼻的香味四处散开。那苹果的香啊，一下子就滚到心里去了。

这天在城里，看见一个男孩担着一篮子的苹果，在人群中窜来窜去。那个男孩与我在乡村偷吃苹果的年龄相仿，男孩的颈窝，后背全是汗，那汗味与苹果的香味混合在一起，黏兮兮的、浓酽酽的。男孩担着的篮子一不小心撞在电线杆上，苹果从篮子里滚出来，一个个在水泥地上突突突奔跑着。男孩急了，放下篮子，蹲着身子，追赶着奔跑的苹果，一手一个重新捡进篮子里。我也蹲下身子，把滚到我脚下的一枚红苹果捡起来，放进男孩篮子里。男孩望了我一眼，那眼睛里是青苹果一样的光芒，美丽、干净。

一枚苹果飞出好远，滚过许多的高跟鞋，许多的牛皮鞋，可没有一只脚停下来。我甚至听见苹果喊叫的声音，可同样没有一个人停下脚步。只有男孩定定看着那枚飞奔的红苹果，静静等待它停下来，然后，跑过去捡进篮子。男孩担着一篮子的苹果，又走在人群中。我想走过去问男孩：篮子里的苹果是不是一个都没有少？

我手里好像还捏着一枚红苹果。

一枚铜顶针在闪烁

　　她静静坐在街边，埋着头，花白的头发。她戴着一副老花镜，黑框。她苍老的脸低着，笑容安静地绽放。她手上的鞋垫已经绣出一朵花的雏形，桃花绽放的样子。一位老母亲坐在街边绣鞋垫。

　　我在街边静静看着这位母亲。绣好的鞋垫就摆在她的脚边。人声嘈杂，她悠然自得。她绣着那一朵桃花，粉色的花瓣。她的笑容印在花瓣里。一朵花的绽放，就是一个生命灿烂的过程。一个母亲的一生融在那几朵花瓣里，把青春、热血，寂寞、欢饮全部绣在一副小小的鞋垫上，那些36码、38码、40码，甚至10多码的鞋垫，像是一个个人生过往的脚印。人生就是那么一码子事，走再远的路，最后都将停止在一双脚下。一位坐在街边绣鞋垫的母亲，她要给自己绣一双鞋垫吗？如果要的话，她会给自己绣怎样花纹的鞋垫？那种十字纹，还是那种一朵一朵素净的小花。

　　母亲手上的一枚顶针在闪烁，时光已经把那枚顶针磨得异常光亮。一波又一波的人群走过去，他们好像没有看见母亲，和母亲手上的那枚顶针。顶针似乎看见了人群中生硬、拉长的脸庞。顶针被母亲磨成了一

148

束光芒，这光芒把母亲刺得腰驼了，耳聋了，眼花了，思维迟钝了。这光芒温柔，又异常闪亮，那种钝亮，一不小心就要闪痛眼睛的亮光。母亲身上没有一处不是弯曲和脱落的，手指弯曲了，身体弯曲了，牙脱落了，头发脱落了，只有那一枚顶针还是坚硬和舒贴的戴在母亲手上。那是母亲唯一的饰品了，一枚铜顶针。

母亲把一张张破烂的布匹粘在一起，剪成各式鞋样，然后一针一线地连，一针一线地绣。厚重的布匹在母亲手里绣成一张张乖巧的鞋垫。母亲已经习惯，不管多么厚重的布匹，她都行云流水一样把布匹抖动起来、舞动起来，那些厚重的布匹在母亲手里成了天上的五彩缤纷的云彩。那枚铜顶针始终不离不弃地帮着母亲，母亲有时候用手捋一下花白头发，就有一丝丝头发卡在铜顶针里。母亲歪着头，轻轻把手落下来，捡起那一丝丝花白的头发，细细地看，然后摇摇头，笑了。从母亲头上牵出的那一丝丝白发，就像母亲从鞋垫用顶针顶出针尖，扯出的一段段线头，母亲用力过猛，线头"嘣"一声断了。生活的线头，就像这猛然断了的线头，不晓得何时就断了。断了，接上，生活像是无数的线头连起的。有耐心的，就像母亲一样绣成了一朵朵花。生活是需要耐心的，没有耐性，什么也干不成。

坐在街边的母亲有得是耐性，让一下午的阳光干着急，打马翻山了，只有一点余辉还照着这个城市。那枚铜顶针，顶着母亲的针一下又一下从鞋底拉出来。有时候顶针也要调皮一下，顶出的针尖，趁母亲走神，扎破了母亲的指头。母亲一咧嘴，赶紧把指头放在嘴里吸吮着。母亲像婴儿一样吸吮着手指，呆呆地看着一辆豪车从街上飞奔而去。那从鞋底拉出来的线头，像是从母亲身体里牵出来的，苦的，甜的。有时候母亲的鞋底坚硬，顶针把针都顶歪了，母亲只好低下头，用牙齿把那一银亮的绣花针咬住，慢慢拔出来。母亲像咬住生活的线头，把那些酸楚，还有自己的痛苦统统拔出来。

母亲眼睛花了，顶针磨得亮堂。我蹲在母亲的鞋垫旁，仔细看着。看着那一针一线绣出来的鞋垫，我的泪水在一瞬间流出来。母亲问我：买鞋垫，多大的脚？

我低低回答：39的。母亲弯腰递给我一双。我拿起胸前的相机像要给这位母亲拍照，她连忙摆手，说：孩子，别照我。我这个邋遢样，不想伤了我家孩子们的面子。

我一震，看见这位母亲满头的白发，和她手指上戴着的那枚闪光的铜顶针，我好像被针尖刺了一下，一瞬间浑身麻酥酥地痛。

一条长虫

长虫，就是蛇。

蛇总是那么诡异，总是在不设防的乡村小路上窜出来，霸道地横在小路上。记得一次，上小学的我们，夏天雨后，小路泥泞，天地有了豁然开朗之感，天高地阔。一蛤蟆跳到小路中间，蹲在一小石块上，呱——叫声在小路上低沉展开。呱呱——又一声，声音低沉中夹杂着一丝警惕。原来，蛤蟆不远处的林梢下，一条乌蛇悠悠地摆动着身体，一点点靠近蛤蟆身后，蛤蟆一动不动，像是被蛇吸住了。近了，近了。我想喊：呆蛤蟆快跑啊。我紧张地张大嘴，却喊不出来。近了，乌蛇张着血口，一口吸住了蛤蟆的后背。蛇紧紧吞住蛤蟆，蛤蟆一个劲鼓着气囊，用爪子抓扯空气，想要挣脱。乌蛇吞住蛤蟆，头向前仰一下，再吞进去一点。最后蛤蟆被乌蛇一仰一吞进了肚。我和狗娃子躲在小路旁枫树下，没出一点声响。乌蛇吞了蛤蟆，慢悠悠仰着头，消失在了杂树林中。我们半天才回过神来，赶快一路小跑出了杂树林。

在平静的小路上，狗娃子问我：那条长虫就那么横吞了癞蛤蟆？

我点点头，轻声感叹：就是啊，狗日的，厉害呢。

狗娃子说：长虫，这个东西，不打就算了，要打就要打死，不然，它要回来报复你的。

我满脸疑惑：难道长虫记得路回来，长虫记得住打它的人？

狗娃子不再作声，我们默默走了一段山路。那天夜里，我做了一个梦。梦见一条五颜六色的蛇缠绕在我身上，冰凉、柔软、骇人的感觉让人窒息，一颗心悬在喉间。蛇微笑，我愈加害怕。蛇柔软，我愈加紧张。蛇身闪耀，我愈加黯淡，感觉天都要塌了一样，低低压在我的胸口。我想要呼喊，却怎么也喊不出声，蛇万般妩媚，一遍又一遍温柔地喊着我的名字。啊，蛇怎么知道我的名字？蛇直立起来，婀娜多姿的身子，清秀的脸庞，站在村头洋槐树下，拿着一枝红花，原来蛇成了秀儿。我松了一口气，问：秀儿，你是长虫吗？秀儿嘿嘿笑，像一道闪电奔向远处的树林。

从此，我对上学的山路产生了警惕，我再也无法像以前一样在山路上蹦跳，我小心地走在山路上，生怕遇见那横在路上的蛇，生怕一不小心就踩上它扭曲的身子。蛇像是尾随在我身后的一个尾巴，我怎么也摆脱不了。

这年暑假的一天，母亲让我去地里割红苕藤子，绿油油的一地藤子，像一条绿毯子，已经看不清红苕的垄沟，偶尔一两束狗尾巴草从绿毯子中冒出来，在微风中摇曳招手。我吹着口哨，心情不错，割完一窝红苕藤子，就露出一截红苕垄沟来。割到第三根垄沟的时候，一条小花蛇扭曲着身子躺在垄沟里，我脑袋轰隆一声，没有敢喊出声来，我下意识地把镰刀抱在怀里，也想紧紧抱住自己。我呆呆站在垄沟里，不知所措。小花蛇还在慢慢扭动身子，把红苕藤子拨弄得沙沙响。我慢慢蹲下身子，捡起一小石块投向小花蛇，小花蛇扭动了一下身子，钻进红苕藤子下面，它好像在等待什么。我再次投了一小石块过去，我想把小花蛇吓走。可是，小花蛇再次扭动了一下身子，又躲进红苕藤子下面，一动不动了。我急了，捡起一块大石头，狠狠砸了过去，红苕藤子成了两截，红苕叶子被砸得粉碎，小花蛇在挣扎。我耳边响起一个声音：要打就要打死。于是，我满头大汗，又捡起一块大石头，向小花蛇砸去。我简直不敢相信自己，哪里来的那么一股子狠劲，把小花蛇彻底砸死了，伴随而来的是一股刺鼻的腥味，我掩着鼻子，想要呕吐。我赶紧把割好的红苕藤子装进背篓里，我要回家，我得赶快回家。我的双腿在突突颤抖，艰难背上红苕藤子，一进院子，把一背篓红苕藤子甩在院坝里，看见母亲，我"哇"一声哭了起来，母亲问我：咋了，咋得了？我断断续续对母亲说：我把——一条长虫打死了？母亲也是一脸惊恐，问我：没有被长虫咬嘛。我摇摇头，母亲笑着说：见蛇不打七分罪，我娃长大了嘛。

我比被蛇咬了还要难受，我身上好像有千条小花蛇在爬，浑身不自在，特别是那挥不去的腥味，总在我的鼻尖回旋，胃里上下翻腾着，最后，我把早上喝进肚里的苞谷饭吐了一地，黑狗摇晃过来，两口吞进肚里，舔着嘴唇趴在老梨树下乘凉了。我气愤极了，真想跑过去踢黑狗几脚。

此刻，我像犯下了一宗不可饶恕的罪，惶惶不可终日。我去屋后茅厕，也要小心翼翼，生怕那斜坡上钻出一条蛇来。我甚至怀疑木房子的安全，觉得房子的墙洞里会隐藏蛇，房子的柱梁上会缠绕蛇，房子的瓦背上会趴着蛇。我的天啊，我不知道在哪一刻，哪一个地方，哪一次走路，哪一次转身，哪一次抬头，就会与一条蛇相遇。

那也是一条乌黑的蛇，乌梢蛇，它将身子盘成一圈，埋着头，一动不动，在苞谷地里核桃树下。我本来要去摘核桃，享受一下鲜核桃的味道，刚走到核桃树下，就发现这条乌梢蛇。我感觉有一股风从它身上袭来，穿透我的骨髓，我往后退了几步。我猫着腰，它还一动不动。我赶紧后退着撤出苞谷地，跃上小路的时候，我与村里哑巴张二娃撞了一个正着。张二娃见我慌慌张张的样子，我指了指核桃树。我领着张二娃来到核桃树下，他见到蛇很是兴奋，他蹑手蹑脚退出来，找来一根长长的树杈。再次进到苞谷地里，说时迟那时快，张二娃用长长的树杈紧紧压着乌梢蛇的脖子，乌梢蛇遭到突然袭击，赶紧用身子像藤缠树一样，把树杈紧紧缠住。我顿感手捏出了汗，身子定定立在那里。乌梢蛇被激怒了，嘴里发出咝咝的声音，它努力张着嘴，像是在咆哮。这时，张二娃走上前去，自如地用右手紧紧捉着蛇的头，左手抓住蛇的腹部。好了，蛇已经在张二娃手上了。张二娃晃晃悠悠走了好远，转身招呼我，我才从惊恐中醒来，浑身大汗跑了过去。张二娃回到家里，让他父亲帮忙用细麻绳绑了蛇的头，然后一只手抓住蛇的尾巴，狠狠在空中抖动，蛇的头要伸起来的时候，再抖动。抖动三四下，再次把蛇的头抓在手上，把绑好的蛇头固定在木柱头上，一只手拿小刀，一只手抓住蛇的尾巴。只见小刀在蛇身上划开一道口子，血渗出，顺着刀口成了一条直线。在蛇的腹部，张二娃用手抠出一粒拇指大小的东西，是只蛇胆，张二娃提在手里，一丝阳光打在蛇胆上，蛇胆滴出一滴血滴，浅浅印在院坝上。张二娃嘿嘿笑了，把蛇胆丢进嘴里，哽了哽脖子，吞了下去。蛇身直直垂在木柱头上，血从蛇尾一滴一滴滴出，蛇身还在微微颤动，像极了一个大大的颤抖的感叹号。我大气没出，心里紧紧的，身体紧紧的，眼睛直直的，呼吸急急的，看完这一切。我一屁股坐在张二娃院坝里，控制不了自己双腿的颤动。张二娃兴奋地剖蛇，最后，切成一小段一小段，煨在土罐里，一村子都能嗅到扑鼻的蛇肉清香。

长大后，很少见到蛇这个东西。读到蒲松龄的《蛇人》，感叹其蛇乖巧报恩，这段文字一直在心里记着："蛇，蠢然一物耳，乃恋恋有故人之意，且其从谏也如转圜。独怪俨然而人也者，以十年把臂之交，数世蒙恩之主，辄思下井复投石焉。又不然，则药石相投，悍然不顾，且怒而仇焉者，亦羞此蛇也已。"

一天，偶尔听了民乐合奏《金蛇狂舞》，明亮上扬的音调呈现出欢乐、昂扬、奔放的情绪，我为之一振。随着乐曲我的身体慢慢舒展开来，有一种欢乐从心底流出。乐曲的强与弱、锣与鼓、吹与弹、领奏与合奏融合、连接，一下子把人带到了锣鼓喧天、兴高采烈的场景里，仿佛一条条狂舞的金蛇就在眼前。

不知咋的，竟然有点点泪花在我眼里闪出……

一只只我们无法看见的虫子

在乡村，要玩小虫子，到处都是。出门，随便闯进哪一片菜园子、哪一片庄稼地，或者钻进哪一片树林子，都能见到急匆匆赶路的黑蚂蚁，停在树叶上的毛毛虫，结网驻守的蜘蛛，窜得沙沙响的长蛇，当然，还有一些很难见到的虫，它们躲在地下深处，或者庄稼枝干里，我们只能见到那些被虫啃咬留下的虫眼。那一片片虫眼像是一只只虫子的警告。只要一株好好的苞谷苗，没有任何征兆就倒在地里的时候，母亲开始咒骂那些虫子："砍脑壳的虫子。"我们才知道，这苞谷苗是遭虫子掏空了身子。

我砍过一些虫子的脑壳。蚂蚁在小路上列队搬家，我捉住其中一只，按在石板上，用石片砍了蚂蚁的脑袋，一分为二的蚂蚁，脑袋还在挣扎扭曲，小小的嘴巴在颤抖，身子也还在抽动，阳光照在这幅残画上，静静的，没有一丝响动，我听不见蚂蚁声嘶力竭的叫喊。还有从地里钻出来的蚯蚓，在菜地里一曲一伸、不紧不慢地爬行，我用棍子夹住一根，它就两头摆动，再用力夹动，蚯蚓成了两截，掉到地上的两截蚯蚓在菜地里跳动，我知道不久后，它们会成为两只新的蚯蚓。当然，很多时候，我也像别的孩子一样，把捉来的蜘蛛，掰去它的大腿，然后装进火柴盒里，或者塞进玻璃瓶子里，看它能够活多久。其实，那时候很享受这种玩的过程，最后蜘蛛在火柴盒或者玻璃瓶子是死是活，都不会在意。那火柴盒和玻璃瓶子待在屋子角落，渐渐落上了岁月的尘土。

我们能够看见的虫子，都很好对付。扯脚、斩腿、去头、切尾，或是把它们捉来丢进火堆里，或是把它们埋进土坑里。可是，有些虫子我们很难看见。记得家里一把竹椅子，好好地摆在街沿上，黄猫还躺在上面晒太阳，舔那油亮的毛发，我回家赶跑黄猫，一屁股坐上去，身子一靠，它的靠椅在这时"咔嚓"一声折断了。吓得黄猫警惕地回转过身，"喵喵"叫了两声，"怎么了，怎么了。"我站起身子，仔细查看，原来靠椅的竹子全部被蛀虫咬得七零八碎。竹椅子全是密密麻麻牙签大小的虫眼，这么多虫眼，虫子在哪里呢？我把竹椅子翻了一个遍，也没有找到一只蛀虫。爷爷在一旁说，蛀虫掏空了竹子的心，早就无声无息地跑了。最后，爷爷把折断的竹椅子靠背锯了，做成了一只竹凳子。想想，在乡村夜里，月光如水，蛐蛐弹唱，那是多么灵动的夜晚。但是，又一想，夜深人静的时候，一些虫子正在木头里面、竹子里面吭哧吭哧地咬、啃、磨牙，那又是怎样的一个夜晚呢。

乡村里的好多果实都是虫子先吃。苹果树上挂着一颗熟透了的红苹果，爬上树把苹果摘下来，香甜的味道飘过来，正想用手抹去苹果皮上的灰尘，苹果却在手掌里散成了几瓣。原来，红苹果就剩一个空壳壳了。这是一只啥子虫子，竟把苹果啃成这样一个空壳。我仔细查看手掌上的几瓣苹果皮，它是从苹果的果柄处旋开一只小眼，然后一步一步深入进去的吧。果柄处的那一只虫眼，已经呈现出黑色，虫子通过这条黑色隧道像一列火车一样进入苹果内心，突突突，好甜好香。累了，躺在香甜的床上睡上一觉。醒来，突突突又开始吃。这是一只聪明的虫子，它先是旋开一条隧道，然后再并列旋开一条隧道，这样重复旋开，好好的苹果就成了一个空壳。最后，它还留下一些褐色小颗粒一样的粪便。这家伙干掉这么大一个红苹果，它又去了哪里？难道是原路返回，那么小一只虫眼，它已经吃胖的身子是如何挤出去的呢？我摊开双手，褐色的小颗粒粪便从指缝间纷纷坠落在地上，地上立马堆积成一座小小的山峰。我气急败坏地把手掌里的苹果皮抛向空中，红色的苹果皮在空中打了几个旋旋，纷纷掉在了草丛里。山民们总是善待这些看不见的虫子，虫子吃了苹果就吃了，虫子吃了一些庄稼也就吃了。山民们朴素的想法是，虫子总吃不完所有的东西，虫子都不吃的东西，人还能够吃嘛。于是，他们总是和虫子友好着，最多用"挨砍刀的"等山话骂一两句，就算过去了。

这骂也不起作用，虫子们还是如期来到大地深处。夏夜，刚躺在木床上，一缕月光从木窗外透进来，一些虫子在窗外歌唱，就像月光的脚步一样那么轻盈，就像微风的吹拂一样那么缥缈。它们在田野深处，绕着植物的气息而歌，贴着上扬的地气而唱，它们的激情在不断升温，直至夏夜开始沸腾。这时，虫子离人的距离最近，乡村在虫子的低吟中睡去。在这样的夜晚里，我总是兴奋得睡不着，清冷的月光，温暖的虫鸣。我甚至想，这虫子也许跟我们小孩子一样的，喜欢在月光里调皮捣蛋。睡意渐渐袭来，跳蚤却活泛起来。我浑身麻酥酥痒，好像这小虫子有无数触须，好像无数小虫子手拉手在身上跑步，又好像是无数小虫子猴子捞月亮一样在身体里倒腾。这哪还睡得着，一骨碌爬起来，想要制服这小虫子。掀开铺盖，凉席在月光下习习发光，朦胧中看见两三只跳蚤跳跃翻滚，急匆匆伸出手掌去拍，落了一个空。再拍，还是一个空掌。重新躺在床上，这家伙却也重新回到我身上。再爬起来，屏住呼吸，不急躁，看它在凉席上跳跃几个回合后，跳跃速度趋缓后，再伸出手，一巴掌下去，把它摁在凉席上。嘿嘿，跳不起来了吧。这时，还得使劲摁住，慢慢在凉席上搓捏，搓捏到食指蛋上后，拇指和食指捏住跳蚤，感觉它还在微微颤动。拇指和食指反复搓捏，跳蚤便奄奄一息了。月光下，把一只褐色的跳蚤摊在手掌上，孩童的那种胜利感油然而生。重新躺回床上，再多的跳蚤，也搅动不了沉沉的瞌睡。其实，更多的时候，我们浑身奇痒无比，却很少看见跳蚤跳跃的身影，它们躲在黑夜深处，伺机而动。

制服这些小虫子，有许多土办法。跳蚤太多，爷爷会从墙洞里扯出一个纸包，纸包里包着细粉粉，把细粉粉撒一些在床铺下面，一股刺鼻的味道充斥整个房间。爷爷说，这是六六粉，毒药，杀革子（跳蚤）的。最土的办法，就是把床上的麦草、铺盖、凉席都弄到太阳坝里晒，让太阳来杀毒。制服苞谷的钻心虫，在下种时，搅拌一些草木灰在种子里，让草木灰给苞谷种子杀毒。防范苹果钻心虫，哑巴二娃学了一种新办法，用塑料袋套在苹果上。很多时候，我们是讨厌这些虫子的，我们常常被一只小虫子整得烦躁不安。其实不然，如果没有这些虫子在我们身边发出一些声音，世界会多寂静。如果没有这些虫子时而挑逗一下我们，也许，我们生命里会失去太多的乐趣。

我听说过神秘的蛊，这也是一种小小的虫子，深藏在我内心的一种虫子，一般不敢轻易去触碰。蛊，古人是这么说的：谷子储藏在仓库里太久，表皮谷壳会变成一种飞虫，这种虫子叫蛊。左传昭公元年说："谷之飞，亦为蛊""谷久积，则变为飞蛊，名曰蛊"。《本草纲目》里也说：造蛊的人捉一百只虫，放入一个器皿中。这一百只虫大的吃小的，最后活在器皿中的一只大虫就叫做蛊。我印象深刻，我的一个远房亲戚，祖上行医，他很有名，都叫他杨医生。山民们的小病小痛，他都能药到病除。在乡村小路上，经常会遇见他挎一个红十字的硬药箱。有时，他喝得满脸通红，嘴里唱着不连贯的山歌子。遇见我，他逗我："来——来我给你号号脉。"我赶紧跑远，不要他拉我的手。一天，他看完病，主人招待喝酒，傍晚回家，一不小心滚下了山崖，救他起来时，身上到处是好好的，却人事不醒。有人说："怕是中了蛊毒。"村里人个个吓得脸色惨白，纷纷躲得远远的。只有八十多岁的老爷爷说："怕啥怕，用蛊毒攻蛊毒嘛。"于是，在山里捉来一条乌梢蛇，把蛇倒吊在院子里的一棵老梨树上，用细棍一下又一下地掸，任其摆动，老梨树在颤抖，一下又一下，两三片叶子在空中打着璇儿，最后坠落在土坝坝上。乌梢蛇身子在抽动，掸一下，抽动一下，扭动的身子总想弹起来。我站在院坝里，细棍像是落在自己身上一样，掸一下，自己身子也抽动一下。蛇身下面用九个土碗重叠接起，蛇口里流出的涎液、泡沫和血水一滴一滴滴在土碗中。最后，蛇的身子不再抽动了，只是蛇身的每块肉在突突突跳动。蛇流干最后一滴血，然后把流进第九个碗的血在大太阳底下晾干，把晾干的血再碾压成粉末。把粉末用冷水让杨医生吞下。喝下那粉末的杨医生，不几天倒是好了。再次见到他，是夕阳落山的一天，鸡蛋黄似的夕阳染红了山头，他挎着那个药箱，弓着背，老了许多。他站在夕阳里喊我，声音沙哑，像是从山峰间挤出的一种声音，亦像是从地里挤压出来的一种声音。我一惊，这还是不是杨医生，声音怎么变成了这样子？

　　我的感慨是：我们究竟有多少看不见的虫子，在我们身子里，抑或在我们这个世界里。

微光萤火

泰戈尔有一首诗《萤火虫》：你冲破了黑暗的束缚，你微小，但你并不渺小，因为宇宙间的一切光芒，都是你的亲人。

在夏夜，微小的萤火虫会如期点灯跳着舞而来。星空灿烂，星星闪烁，山野间萤火虫闪烁，天上地上连接在一起，延绵望不到边，如天际银河般浩渺，让人一时不知是在天上，还是在山野。

这些神秘的小生灵，一到时令，它们就会应约而来，真像是亲人一样，年年都来山野里走走亲戚。要是没有这些小生灵，人是多么孤寂，大地是多么孤寂。生命的终结其实是孤寂造成的。大地的乐事，人的生机，好多时候，何尝不是这些小生灵带来的。比如，黑黝黝的山野，要是没有这些小小的萤火虫，那又是多么恐怖可怕。这些小生灵消减了黑夜的恐怖，缓解了过度的紧张。嘿，在夜幕下，大人们用眼光追逐着那闪烁的萤火，心里的火也跟着扑闪扑闪的。孩童们用脚步追逐着萤火虫，嬉闹打跳兴奋无比。

这个夏天，我从城里回到乡下，与父母亲在老房子住了一个晚上。我们进城后，好多间老房子都锁着，母亲说，住不了那么多。我回去后，父母把锁上的门都打开，母亲说，它们关得太久了，开门换换空气。在寂静的阳光下，散发出一抹陈年的气息。我和父母一起打扫房间里的尘土，把我们曾经用过的木桌擦了又擦，竟然擦出一丝木头的亮光。母亲说，才住几天，这些木桌用不着收拾。在山里住了一辈子的母亲，一直简单生活着，她哪里知道儿子怀念过去的方式，就是用一用过去的旧物，找到过去生活的一些痕迹。我尊重父母这么简单生活着。

我喜欢这些木头建成的房子，木窗、木门。童年时候，我们坐在木房子围成的院子里看星星，好像站在山巅就可以摘到星星，一眨一眨，有流星从山间流下来，滑进山谷的小溪里，哗哗啦啦流远了。夏夜我们坐在院子里，从木门望出去，成串成串的萤火虫在山间飞舞跳跃。仰头又是满天星斗，夜空深邃。山间萤火虫呼应着天上的星星，起伏的山峰呼应着深邃的夜空，吱呀吱呀响的木门呼应着蛐蛐声声。

入夜了，我躺在木床上，星光从木窗户外透进来，在夜的羽翼下，星光格外灿烂，心也格外平静，静到万物的呼吸都微弱了。黑夜里，我更能看清白天看不透的东西。我以为，有时候，人需要有这么一个寂静的夜晚，来看清自己。这时候，有风把木门吹开了，半掩的木门，看得见山巅之上的星星，看得见山间闪烁的萤火虫。

夜里，有槐花开放，递来丝丝馨香。

星空下，有鸟影移动，隐于山的深处。

这样的夜只有故乡才有。只有在这样的大山深处，这些珍贵的原生态才得以穿越时间保存下来。不管有多少人离开大山，那些珍藏在人心的旧时光还在。那时候，夜里槐树开花，丝丝馨香满院子飘；那时候夜里蛐蛐叫，高一声低一声；那时候，鸟儿栖树枝，在风中摇啊摇。只有在这样的夜里，我们才可以让虫鸣、鸟叫、溪水、山峰涌进心里。

起风了，萤火虫闪烁，静谧的山谷泛着幽光，群山在青色的丛林中，萤火虫的微光繁星般点亮漆黑长夜。"银烛秋光冷画屏，轻罗小扇扑流萤""相逢秋月满，更值夜萤飞""昼长吟罢蝉鸣树，夜深烬落萤入帏"……突然，我眼前一亮，成千上万的萤火虫形成一条美丽的光带，向我居住的房子忽闪过来，在它们的照耀闪烁下，我像突然进入五彩的苍穹。我知道，黑夜降临，这些雄性萤火虫便从白天的蛰伏状态苏醒过来，一个挨着一个爬上草叶。等到夜色黑透时，它们便腾空而起，遁入茫茫夜空，把爱意的闪光信号传达出去，然后雌性萤火虫发回应答的闪烁信号，信号对上了，就彼此飞在一起。这是多么浪漫的爱情故事，少数民族以对歌的形式恋爱，难道是从萤火虫闪烁信号中得来的启示。

夜风习习，山雾缭绕，山虫低鸣，山峰在夜色里静默，显出古朴典雅的样子，一山的萤火虫飞舞闪烁。朦胧中，我像是睡着了，又像格外清醒着。我拿着小时候的玻璃瓶，把一只只萤火虫扑捉进玻璃瓶，一会儿，玻璃瓶装满了闪烁的萤火虫。玻璃瓶在变大，最后变成了麻袋那么大。好多萤火虫包围了我，我一个劲往玻璃瓶里装，装满一个，又装满了一个，装啊装，装得我已经数不清了。我兴奋极了，扛上装满萤火虫的玻璃瓶，往城市家里赶。我满头大汗赶回去，把玻璃瓶萤火虫放出来，我的房间立马闪烁起来。六岁的女儿高兴地问我："这是天上的星星吗？"我笑着说："对，五彩缤纷的星星。"成千上万的萤火虫也说话："我们是星星，星——星呢。"女儿又问："星星会说话吗？"萤火虫们嘻嘻笑着，慢慢升上了蔚蓝的夜空，我和女儿也飞起来，同闪烁的萤火虫一起飞啊飞啊……

清晨，我被一阵阵鸟声叫醒，心里一时还想着昨夜的萤火虫，它们停在哪里，心里多少有一些空落。看见晨曦，看见炊烟，看见父母在田地劳作的生活图景，我心里说：醒醒吧，不能老把故乡萤火虫放在梦里。

这样的清晨，适合走一段青草覆盖、露水打湿的小路。

小路上，我见到母亲说："昨晚梦见好多萤火虫。"

母亲说："这每晚萤火虫都在山间点亮啊。"

"我还以为是梦呢。"

"城里很少有这小家伙吧，稀奇见一回，当然以为是梦呢。"

母亲接着说："每晚看见这些小家伙闪亮，就觉得不寂寞了，就觉得有希望了。"

听母亲这一说，我竟不知说什么好了。小路上青草丛里绽放着小红花，是那种野棉花，一朵一朵。也许，萤火虫能接通人与自然的气息，人住在这样的大山里，便可以接通与树木、溪水、泥土、虫鸣的小路。萤火虫就是这个小路上的微光。人走在这样的小路上，也有了草木之气。

"萤火虫萤火虫慢慢飞，夏夜里夏夜里风轻吹，怕黑的孩子安心睡吧。让萤火虫给你一点光，燃烧小小的身影在夜晚，为夜路的旅人照亮方向。短暂的生命努力的发光，让黑暗的世界充满希望……"耳旁回荡起母亲哼唱的儿歌，萤火虫是故乡的一点微光，也是照亮我们精神世界的亮光，那亮光照亮了我们流浪的乡愁。

月光蟋蟀

在所有的虫子中，数蟋蟀喜欢的人最多，上到皇帝，下到普通百姓；有诗人画家，有文人墨客；养蟋蟀、斗蟋蟀。这到底是一只什么样的虫子呢？蟋蟀，俗名蛐蛐、夜鸣虫、将军虫、秋虫、斗鸡、促织、趋织、地喇叭、灶鸡子。蟋蟀是一种古老的虫子了，已有一亿多年的历史。

留给我诗一样印象的，还是《诗经·豳风·七月》里的蟋蟀。"七月在野，八月在宇，九月在户，十月蟋蟀入我床下。"蟋蟀寻着人的气息生存的，七月在田野，这个时候，它们寻着庄稼的生长气息，绕着农人收割的镰刀、锄头歌唱。八月在宇，这个时候，它们在瓜果飘香、硕果满枝的宇宙里歌唱。九月在户，这个时候，大地金黄一片，院子堆满了粮食，它们在黄灿灿的玉米堆里，在收割回仓的粮食囤里歌唱。金秋十月，秋风微起，蟋蟀悄悄钻入温暖的床下，瞿瞿叫，月光在窗外照着，多么美好的一幅画。再看《诗经·国风·唐风·蟋蟀》："蟋蟀在堂，岁聿其莫。今我不乐，日月其除。无已大康，职思其居。好乐无荒，良士瞿瞿……"天寒蟋蟀进堂屋，一年匆匆临岁暮。今不及时去寻乐，日月如梭留不住。行乐不可太过度，本职事情莫耽误。正业不废又娱乐，贤良之士多警悟。蟋蟀的叫声，时断时续，交替错杂，清脆响亮，温婉动听，秋夜，满地月光，满耳蟋蟀叫。

最喜欢蟋蟀的皇帝是明宣德的朱瞻基，被后人称为"蟋蟀皇帝"。他觉得北京一带的土质瘠弱，养不出好蟋蟀，便特地派人到地力肥沃的江南去采办。当地民谣："促织嚁嚁叫，宣德皇帝要。"明代人吕毖在《明朝小史》中记录：一年，明宣德皇帝派人到江南去索要蟋蟀，以至于市面上蟋蟀的价格不断上涨。当地一名负责收粮的粮长，受委托去市场上购买蟋蟀，走了很多地方，终于找到一只特别好的，就用骏马换了回来。他妻子看到丈夫竟然用一匹高头大马换回一只小蟋蟀，感到很奇怪，就想看个究竟。偷偷打开蟋蟀罐，谁知蟋蟀一下跳了出来，一只大公鸡走过来，一口就把蟋蟀吃掉了。粮长的妻子知道闯了大祸，随即上吊自杀了。粮长回到家一看蟋蟀没了，妻子死了，也上吊死了。清代作家蒲松龄以此创作了《促织》。

这玩蟋蟀玩出人命，也真是不应该。

宋代文人黄庭坚，不但玩蟋蟀，还总结出蟋蟀的"五德"："鸣不失时，信也；遇敌必斗，勇也；伤重不降，忠也；败则不鸣，知耻也；寒则归宁，识时务也。"信、勇、忠、知耻、识时务，这样的品格，人有几个能做得到。

最喜欢蟋蟀的画家，齐白石老人算一个。他画的《蟋蟀图》，本来是送梅兰芳的，巴掌大小的画，画了六小二大共八只蟋蟀。八只蟋蟀有斗的，有歌的，有振翅的，有竖须的，有跳的，有蹦的，有鼓眼的，有低眉的，生动活泼，只只性情可爱。四次题跋还记录了一个有趣而微妙的故事。一，生年不画小笔，此册小幸，畹华能知，辛酉三月齐璜。二，一日正作大幅画，忽闻叩门，乃吾家如山兄携梅郎此册索画，余见姚茫父画菊有旧法，却未敢下笔，此强为之也，白石又记。三，余常看儿辈养虫，小者为蟋蟀，各有赋性，有善斗者而无人使，终不见其能；有未斗之，先张牙鼓翅，交口不敢再来者；有一味只能鸣者；有缘其雌一怒而斗者，有斗后触雌须即舍命而跳逃者。大者乃蟋蟀之类，非蟋蟀种族，即不善斗又不能鸣，眼大可憎。有一种生于庖厨之下者，终身饱食，不出庖厨之门，此大略也。若尽述非丈二之纸不能毕。白石又记。边跋：余所记虫之大略一时之兴录，昨日为友人画虫之，记录后似不宜，巩同济诸君以为余骂人，遂于册子上取下此一叶，另画一纸与畹华，可也，此一叶与家如山兄哂收得之矣，不置诸同济册子之后，与同济无关也。白石又记。有意思吧，从题记中可以看出，齐白石为人谦虚的品格，他还意犹未尽地记录了观察儿辈养虫，说有的蟋蟀善斗，有的未斗前"先张牙鼓翅"，"有一味只能鸣者"；有为争雌虫"一怒而斗者"；还有斗后触碰到雌虫触须"即舍命而跳逃者……"后来齐白石"后悔"了，担心上述文字被同行认为"骂人"，于是从册页上撕下此画，另画一纸给了梅兰芳。那年齐白石58岁，而梅兰芳才25岁。

也许，齐白石老人尤喜画月光里的蟋蟀，他画的《菊花蟋蟀》，在一幅扇面，画了两只蟋蟀，两朵红菊，没有直接画月，但感觉画里有月光照进来，铺了一地的月光。让人能感受到画外有人摇着扇子，在月光的菊花下，听着蟋蟀口瞿口瞿叫。蟋蟀是在夜间恋爱的，尾巴上三叉的是母蟋蟀，两叉的是公蟋蟀。他用两只恋爱的蟋蟀，点出了画中的时间。再看他的《葫芦蟋蟀》，感觉有月光从藤蔓背后透过来，正好照着两只恋爱的蟋蟀，葫芦金黄，蟋蟀油亮。再看《豆棚蟋蟀》，能看出是秋夜了，淡淡月光照进豆棚，豆荚炸开，颗颗饱满，两只恋爱的蟋蟀已经是褐色的了。看齐白石这些画，感觉月光洒在床沿，半弯新月挂在空中，满耳的蟋蟀在叫。齐白石的小院子里总养一些蟋蟀、蚱蜢、蝗虫之类，我甚至想象到齐白石老人一边听着蟋蟀叫，一边作画的情景，多么有趣的一个老头儿。

这是盛夏时节的事了。

盛夏是一个好时节，所有生命都彰显出蓬勃生机。庄稼在向成熟靠近，草木在使劲生长，小虫子们更是活跃非凡。即便是盛夏的夜晚，也充满了向上的气势。一轮皎洁的月亮高挂天空，一些小虫子窸窸窣窣，田野偶尔还传来一两声鸟的啼叫，这是《月光奏鸣曲》。走吧，说走就走，我和胖大一拍即合，各自背上帐篷，离开城市的高楼，绕到城市郊野的一块野草坪上，临河的草坪那个美啊。月光在河里流淌，像银子一样内敛。蟋蟀在肥美的草丛里弹奏着熟悉的曲子，一会儿是单弦的琴声，一会儿是和弦口琴。高大的树影映在河边，鱼在水的月光里跳跃。胖大激动地说："好美哦。"我们搭好帐篷，坐在草坪上，疲倦的身心放松下来，呼吸都匀净了。大地最软的地方，是月光下的草坪。胖大说："真想放开嗓子吼上一曲。"于是我们一起放开嗓子唱起了《透过鲜花的月亮》："透过开满鲜花的月亮，依稀看到你的模样，那层幽蓝幽蓝的眼神，充满神秘充满幻想，一种爽爽朗朗的心情，所有烦恼此刻全遗忘……"我以为，我们的歌声压倒了草坪里蟋蟀的歌唱，其实不然，蟋蟀一点没有乱的在那里演唱，我们一曲过后，再也没有了新的曲子，这时候，我才发现我们陷入了蟋蟀歌唱的重围中。一只蟋蟀歌唱，数百只蟋蟀歌唱，月光也在歌唱，河水也在歌唱。这歌唱的架势，震惊了我。我呆呆坐在草坪上，静静地悄悄地放低自己。胖大也静下来，我们相视一笑，都懂了，听到这么多蟋蟀的歌唱实属难得。

那一夜，我们离月光里歌唱的蟋蟀最近。那一夜，我们在蟋蟀的歌唱里香甜地睡去。

梦幻螳螂

螳螂属昆虫界身材娴美而且优雅的一类，它经常半身直起，立在阳光照耀的青草上，举起前臂像是在为这青山绿水祷告。它温柔地站在草丛中或者树枝上，淡绿的身体，轻薄如纱的长翼，不仔细辨认，真不知道是一只螳螂立在那里。

我躲在苞谷地里，八月的阳光火辣，烤人，青幽幽的苞谷林给了一些阴凉。老家种苞谷，顺带种下黄瓜，一地两样收获。躲在苞谷地里凉快，还可以偷吃鲜嫩的黄瓜。顺手摘下黄瓜，用手捋去黄瓜身上的小刺，迫不及待往口里塞，嚼得满嘴清香脆响，把苞谷地里的小虫子都惊吓住了。这时，螳螂立在一片苞谷叶子上，警惕地挥舞着像锯齿一样的两把大刀。见过螳螂的人都知道，它的颜色和苞谷叶子一样绿，它立在叶子上，不仔细看，是看不出来的。它纤细的腰部很长，和它的身子不成比例。它大腿要更长一些，大腿下面还长着两排十分锋利的像锯齿一样的东西。在这两排尖利的锯齿后面，还长着一些大齿。

这是乡村的八月，也是我们的暑期。大人们到地里干活去了，整个村庄，就剩下我们这些孩子在炙热的太阳下跑跳。乡村没有什么可以玩的，和一只螳螂玩上一个下午，也是我们不错的选择。

在乡村，要玩这些小虫子，到处都是。出门，随便闯进哪一片菜园子、哪一片庄稼地，或者钻进哪一片树林子，都能见到急匆匆赶路的黑蚂蚁，停在树叶上的毛毛虫，结网驻守的蜘蛛，窜的沙沙响的长蛇，当然，还有一些很难见到的虫，它们躲在地下深处，或者庄稼枝干里，我们只能见到那些被虫啃咬留下的虫眼。

这只螳螂像祷告士一样立在苞谷叶子上，嘴唇蠕动。我先是用一只狗尾巴草去挑逗它，我刚刚把草叶伸过去，它就很敏锐地用带齿的镰刀一样的爪子抓住了草叶，抓得很牢，不轻易松开。咦，劲还这么大？我想用力把伸过去的草叶拉回来，用力拉，再用力拉，结果草叶拉断了，螳螂的镰刀爪上还抓住一截草叶。它嘴唇蠕动，三角形脑袋灵活转动着。我不是一个轻易认输的人，尤其面对这一只小小的螳螂。我深深呼出一口气，刚刚吃下去的黄瓜气息呼出来——难道我对付不了一只螳螂？

我折来一根小木棍，细细的，伸在螳螂面前。这次，怪了，它并没有挥舞大刀来抓住小木棍，而是用前爪刨开。咦，挺聪明的。我反复用小木棍逗它，逗它的脑袋，它用镰刀样的前爪刨开。逗它的尾巴，它快速逃了，从苞谷叶子上爬到地上。我不甘心，往哪里逃。我再次把小木棍伸过去，伸到它的嘴边，它烦躁了，张开翅膀沙沙地扇动，突然一下又飞上更高的苞谷叶子上。我玩兴正浓，一只小小的螳螂怎么可能逃得出我的手掌心呢？我把高处的苞谷叶子折下来，放在地上，螳螂直直立在叶子上，不知所措的样子。好吧，看看有多大本事消灭掉一只蝴蝶。

我捉来一只花蝴蝶，用细树枝递过去，花蝴蝶翅膀还在扇动，只见螳螂突然把它的翅膀张开，竖立身子，嘴里发出像毒蛇喷吐信子的声音。它的眼睛死死盯住蝴蝶，然后猛地向上一扑，举起那镰刀般的前腿，一下把蝴蝶按在下面。蝴蝶拼命挣扎，翅膀发出扑扑棱棱的响声。螳螂用一对前爪把蝴蝶死死钩住，锋利的刀子刺进蝴蝶的肚子，毫不客气地咀嚼蝴蝶的头，一口一口地蚕食，一顿美餐开始了。我看得惊心动魄，眼睛一眨不眨看着它，身子一动不动看着它，好奇地看着它。这真是太奇异了。我躲在苞谷地里竟然没有一点力气了，拿着细枝条的手，不由自主地颤抖，身子也微微抖动。

这时，我才感觉包谷地里没有一丝风，寂静、闷热包围了我，我简直不知所措，内心的恐惧极具上升。我在恐惧什么，我不得而知。太寂静了，好像没有一点声响，就连螳螂蚕食蝴蝶的声音都听不见了。没有一点声音放出来，才是最大的恐惧。太闷热了，不知道狗日的风跑哪去了，阳光蒸腾，我像是被蒸在蒸笼里，快要蒸熟了。慌了神的我，"三十六计，走为上计"这一招儿早忘到九霄云外了。我眼睁睁看着螳螂蚕食掉蝴蝶的身体，只剩下两只孤零零的翅膀。突然，我也像是被螳螂掏空了身体，轻飘飘的，我的双脚软绵绵的，迈不开脚步，一点力气都没有。我想要抓住身旁的苞谷叶子，稳定一下自己轻飘飘的身子，伸手过去，却感觉苞谷叶子在眼前模糊不定，我的手怎么也够不上，我急了，浑身上下浮起了一粒粒的汗珠子，"轰"一下，倒在了苞谷地里。我努力挣扎，像那只蝴蝶一样无力地扇动翅膀，我仿佛看见螳螂越来越大，和我的身体差不多，它大摇大摆走向我；苞谷苗也越来越大，像小树一样。螳螂挥舞着带大刀似的前爪，扑向我，像要蚕食我的身体，它锋利的刀子马上就要刺向我的血管了。我抖动身体，使劲呼喊，可怎么也呼喊不出声音来。

等母亲在苞谷地里找到我的时候，已经是黄昏了，我还沉沉睡在地上。母亲扶起我，我在朦胧中醒来，嘴里喃喃说道：螳螂，螳——螂……母亲摸摸我的额头，急急地说：发烧了呢。我趴在母亲背上，一下子放松了。母亲气喘吁吁背我回家，母亲抱怨：咋这么重呢。其实，我也感觉自己身子异常笨重，像一块沉重的石头压在母亲背上。我没有力气说话，话在口里也异常笨重，一个字在嘴里好像有千斤，没有力气把千斤一个字的话吐出来。村庄安静。母亲的脚步在小路上急急奔走，我的耳朵贴在母亲背上，母亲一起一伏的脚步，震得我的耳朵"咚咚"地响。我在母亲背上默默流泪，母亲满身是汗。

母亲请来村医，给我打针吃药。夜里，我隐约听见母亲和父亲在说话。母亲说：娃像是丢魂了。父亲说：别胡思乱想呢。朦胧中母亲还是拿着箩子和扫把要出门，父亲像是没有看见一样，默许了母亲。在家门口的小路上，在苞谷地里，母亲一边走，一边用扫把扫，嘴里低低地喊：娃儿回来，我娃回来，有妈在，不用怕。"我睡在木床上，闭着眼睛，也能想到母亲穿过小路的大槐树，走下小路台阶，走进苞谷地徘徊低喊我的乳名。我也低低地在心里喊母亲：回来，快回来，外面很黑。

母亲没有回来。一只老鼠不知从哪个地方钻出来，在我的木床下"吱吱吱"叫，我轻轻学猫叫了一声，老鼠迅速钻回了洞里。我沉沉躺在床上，一丝月光偷偷从木窗探出来。不知不觉我又想到苞谷地的那一只螳螂，这次我仿佛看见，螳螂在苞谷叶上跳舞，高挑的身材，优美的舞姿，它突出的眼睛死死盯着我，像是盯着一只猎物，我的身上又一次浮起颗颗汗珠。我闭上眼睛，满脑子都是螳螂，仿佛我家苞谷叶子上也全是螳螂。

第二天醒来，我起来，又开始在村庄小路上跑跳，母亲远远望着我。我照例和往常一样钻进苞谷地里，和那些小虫子们玩耍，砍它们的头，或者肢解它们的腿脚。倒是至此我也没有砍过、肢解过一只螳螂，不知为什么，我看见螳螂，就静静地远远望着，满心敬畏。

满山蝉鸣

夏天热得人烦，山间的蝉儿还往死里叫，让人更烦。

好在山间，还有满眼的绿树，在阳光下流光溢彩。一想，那么大的山，要是没有这单调的"知了知了"蝉叫，树寂寞，人也寂寞。这么一想，再静心听蝉叫，就觉得蝉儿叫得有理由，叫得还真像是山间单纯且绵长的一首首歌谣。山间的杜鹃花在风中摇曳，躲在树丛里的野百合开了，山间的一间小庙，有人吱呀一声推开门，门口那口老井，落了一井蝉鸣。那人拿起井口的一个老葫芦瓢，舀了一瓢蝉鸣，仰头咕噜咕噜喝下了。"好爽。"这时候，寂寞变得清澈起来。

再想，蝉鸣是什么颜色？五月，山花烂漫，红、黄、青、蓝、紫都有，蝉鸣隐藏在这些颜色当中。这个季节，颜色的丰富可想而知，颜色的大门洞开，鼓乐齐鸣，树梢、花间、溪水、山坡，甚至天空的蔚蓝，都被蝉鸣一一摇醒。起来，穿过有颜色的隧道启程；起来，坐上有颜色的马车赶路。其实，蝉鸣是透明的，因为在众多颜色的簇拥下，天空变得异常亮堂起来。

我在蝉鸣四起的树林里坐过，什么也没有做，就听蝉鸣。听蝉儿开始试探的一小叫，调好自己的嗓音，再迅速回到前一个音符歌唱，拉长、停滞，再拉长、再停滞，反复重复，渐强渐弱交替进行，就这样唱个不停。听着听着，就突然觉得蝉儿都是唱给自己听的，是在自我演唱，根本不在乎那些树在不在听，那些鸟在不在听，更不在乎树下傻乎乎的我在不在听了，它不在乎有没有听众。从早晨七八点开始歌唱，到晚上八点左右，暮霭沉沉时才停止。听着听着，我会躺在单调的蝉声中睡去。蝉声辽阔，蝉声越来越高远，越来越高远。天空一尘不染，蝉声一尘不染。有时，我也想一些莫名其妙的问题，"这么叫，它们不累吗？""它们吃什么东西？""它们住在哪里？"爷爷一一回答我："蝉儿唱歌像我抽叶子烟一样，是它的嗜好。""它什么也不吃，就吃树叶上的露水。""树上住两个月，就死去。"

"只活两个月？"我非常疑惑。

"虽然只活两个月，可这家伙还一天到晚歌唱不停。"爷爷说。

"它一生就做一件事——唱歌，不寂寞吗？"

"你看它哪有寂寞，它顾不上寂寞呢。也许，它一生就趴在一棵树上呢。"爷爷停了停又说："这家伙在地下的时间可长了。"

"多长？"我问爷爷。

"整整四年。"爷爷接着说："地下四年，它也只干一件事，修地窖。"

我缠着爷爷，"哪找个蝉儿的地窖看看。"

爷爷带我到一棵矮树丛下，指了指树根下的几个大拇指大小的洞说："这就是蝉的地窖。"我蹲下身子，圆溜溜的洞口一点土都没有。顺着洞口用木棒撬开，四五十厘米深的地窖周围墙上全涂上一层灰泥。我问爷爷："挖地窖的土哪里去了呢？"

爷爷摸了摸花白的胡须，笑着说："蝉吃了吧。或者是蝉把挖掉的松土全涂在地窖的墙上了。"后来，看了法布尔的《昆虫记》，才知道蝉身子里藏有一种极黏的液体，用这液体来做灰泥。掘土的时候，将汁液喷洒在泥土上，使泥土成为泥浆，于是墙壁就更加柔软。幼虫再用它肥重的身体压上去，使烂泥挤进干土的罅隙。我惊叹："这蝉儿建的地窖简直就是一座光滑的宫殿。"

爷爷说："这洞里的家伙肉嘟嘟的，可好吃了。"太阳落山的时候，爷爷带我来到屋后的小树林里。蝉儿聪明，没爬出的洞口，都用薄薄一层泥土遮掩着，只露草茎那么大小的洞口。几次惊雷在大地上滚落，洞里的蝉儿便爬到洞口试探地面的温度，温度升起的时候，蝉儿就撬开洞口的泥土钻来。温度还低的话，它又会返回洞底耐心等待。想象一下，就觉得蝉儿的可爱，"哐啷"击碎天花板，爬出洞口，再伸个懒腰。或者"嗖"一下滚落到洞底，蜷缩着身子。

落山的夕阳染了一山的金色，爷爷教我捉蝉儿的幼虫，嘴里衔着一根草茎，用手指抠开洞口薄薄的泥土，再把草茎伸进洞里逗蜷缩着身子的幼虫，一逗，幼虫的两只爪子就死死钳着草茎，慢慢拖草茎，肉嘟嘟的家伙就被拖出了洞口。要不了一阵工夫，就拖出十几条蝉儿的幼虫。

拿回家的幼虫，爷爷用盐水泡，再剪去爪子，放在油锅里炸到金黄，吃到嘴里脆脆的。爷爷说："现在这叫打牙祭，饿肚子时叫金贵。"爷爷说过，饿肚子的年代，他们吃过观音土，拉不出屎用手抠的痛苦。爷爷看我们吃蝉幼虫吃得满嘴流油，嘿嘿笑开了花。刚出锅的，爷爷叮嘱道："别猴急，小心把嘴烫起泡。"

天气渐渐暖和起来，蝉幼虫爬出洞口，寻找一些小矮树的枝条，一丛百合花的花枝，一片野草叶的叶片，爬上去蜕掉身上的皮。先是背上的皮裂开一条竖口子，头从竖口子钻出来，接着吸管和前腿，最后是后腿与折着的翅膀。突然，钻出来的身体一个后仰，在空中腾跃，翻转，头部倒悬，折皱的翼向外伸直。然后又用力把后仰的身体翻上来，用前爪勾住它的空皮。从蝉壳里钻出来的蝉，拖着柔弱的身体，沐浴着金色的阳光，慢悠悠顺着身旁的大树干往上爬，阳光照亮它透明的翅膀，也照亮它的歌唱。

蜕在矮枝条、花枝、草叶上的蝉壳，爷爷说："蝉壳是一味中药。"

"治什么病呢？"我问。

"可多了，治咽喉痛、治音哑、治惊风抽搐。"

"这蝉壳的颜色跟炸黄的颜色差不多呢。"

"对呀，这蝉壳的颜色也是大地这口大锅炸过的。"爷爷摸着花白的胡须，望着一山的灿烂阳光。好多次，我在山间看见草丛的一只只蝉壳，就感觉爷爷还站在温暖的阳光里微笑。阳光当油，雨露是盐。

有时候，爷爷用蝉壳泡一壶水，我倒来尝尝，有一点点的咸味。爷爷笑着说："这味儿是阳光的味儿吧，细细品，还有蝉的叫声呢。"

"怎么品得出来？"我问爷爷。

"这个嘛，造化吧。等老了的时候，什么都明白了。"爷爷神秘地说。

我站在夏天的阳光里，满山的蝉鸣此起彼伏。

山路上的蜗牛

阳光初露，天气明亮，鸟鸣盈盈，我又在这样的早晨穿过城市，走上一段崎岖的山路。山路两旁的树林茂密，滴青流翠，偶尔几枝野花从树林的隙缝里绽放出来，黄的蒲公英，红的山桃花。这花不成片，却恰到好处地在山野里探出，像山野的精灵一样突然出现在眼前。每天走上这段山路，我的心就亮堂轻松起来，放开呼吸，敞开胸膛，见到这一棵棵站立的树，一枝枝如期绽放的花，一种如期晤面的亲切感涌来，让人有了拥抱的冲动，和双手合十的感恩。

这天，我坐在山路石阶上，山风拂面，空气像过滤过一样干净。天空浅蓝浅蓝的，宁静辽远。鸟开始合唱，这山落，那山再起。我一低头，竟然发现一只小小的蜗牛爬到了我的脚边，这小东西颤颤巍巍，摆动触角试探着。我一时不知所措，心里想，这小东西要干什么。蜗牛摆动触角在石阶上爬，一寸一寸移动。每移动一寸，摆动一下触角。它看得见这映红的山桃花嘛，山风摇曳，摇落了一片一片的花瓣。它分得清楚，哪是绿油油的草地，哪是蓝蓝的天嘛，分得清楚天上地上究竟有什么两样，也许不一样在于：天上只有蓝蓝的天空，而地上，有蓝蓝的天空，也有青青的草地，更有这行走天空之下、草地之上的小蜗牛。这么说来，天上还是比地上少了些东西。小小的蜗牛，它要干什么呢，它在石阶上爬啊爬。

此时，我看见不远处的一块菜地里，一个男人弓着腰，在菜地里抡着锄头，不急不缓地给青菜培土。青菜已经很茂盛了，青幽幽的，这个男人像蜗牛一样一会儿望望蓝蓝的天空，一会儿动动锄头。从他的动作上判断，他的脸色和天色一样晴和。干着干着，这个男人把锄头抡在田坎上，一屁股坐在锄把上，竟慢悠悠抽起烟来，吐出的烟圈儿在阳光里飘散。我在心里说：这男人干活像蜗牛一样享受。

在菜地不远处的溪沟里，穿粉红色衣服的女人蹲在溪沟边洗衣服，现在，她站起来，抖搂了几下洗好衣服，水珠在她四周乱溅，她自言自语地说，好干净，真爽快。她笑了。清晨洗衣服，一个女人精心打磨着每一天，也磨出了自家的好光景。她望了望菜地边的男人，他们说了几句话，男人扛起锄头，跳出菜地，帮女人端起衣服篮子，回家了。阳光打在他们背影上，他们缓缓走在小路上。

这时，蜗牛爬上一个台阶，慢慢向青青的草地爬去。它顺着长满青苔的石阶，草地上的几只喇叭花正使劲给蜗牛加油。蜗牛像是听见了喇叭花的助威，爬得快了一些，像是在奔跑。我在心里喊出了儿歌：蜗牛蜗牛奔跑吧，我在为你加油啊，只要你努力不放弃，笑话也会变神话……蜗牛仿佛听见了我的歌声，停止了奔跑，歪着触角，静静听着，触角上的两只小眼睛咕噜咕噜转着。我吓着这小家伙了，它收起身子，缩进背上的壳里。它一动不动地躺在石阶上。

山路边的一口老井腾腾冒着雾气，一个老人，提着水桶走到老井边，老人不急，他站在老井边，水井里映着他苍老的样子，他笑了，仿佛昨天还是那么年轻呢。年轻时，总喜欢对着这老井，孤芳自赏。人老了，虚荣心不老，总害怕这面镜子，因为它太真实。他把水桶放下去，水里自己苍老的样子一下子碎了，搅乱了，他把水桶提上来，在井台上静静站了好一会儿，再看，自己又把井里的自己打进了桶里。他慢悠悠提着自己苍老的样子回家做饭。老人的背影在雾气弥漫的山路上一弓一伸的，像极了一只背着笨重壳的蜗牛。

一个人生活的徐疾，我一直认为和这个城市的风物大有关系。这个城市对面的小山，成了人们每天早晨与之共享的所在，成了这个城市人们的生活习惯。一路上山、观光畅气。我也是长年累月，另劈一条小路上山，我是觉得一个人更能感受树木的性情，更能体会上山下山的素心意境。一路人轰地上山，又一路轰地下山，什么也看不清，什么也体会不到。一个人爬山有幽独之趣。树林里听一段鸟语，细听细辨后，就在心里胡乱翻译着，似乎就与鸟儿达成了某种默契。麦黄风吹拂，光影渺茫，布谷鸟适时而歌："快黄快割"。布谷鸟一叫，山应林应，人心也应。收获的季节，满山红叶，瓜果飘香，喜鹊成群结队，在稻田踱步，"咔咔咔"叫着，粮食丰收了，它也高兴。每个季节到来，都有不同的鸟鸣，鸟儿比我们先行知道季节更替。落花满径，禽声上下，清澈明朗。山路上摘一片树叶，放在鼻尖嗅嗅，桤木叶凉凉的木质味道，女贞树叶淡淡的冬青油味，野树莓叶青青的草味，随便想起哪一种来，我都能在这山路上找到它们。枝繁叶茂，气息相融。树下观光影，那种淡淡的光斑在树叶隙缝间移动，观树影长短，看虚实转换。树影摇动，暗香疏影。谢天谢地，这个早晨，我又与这小小的蜗牛相遇了。

回头再看蜗牛，躺在石阶上的蜗牛已经爬到草地，它慢悠悠爬着，爬着。它的旁边，几朵喇叭花，在山风里颤动吹奏，喇叭丝带上闪烁着透明的露珠。它爬到草尖上，摆动触角，望望远处的山路、溪流，丘壑纵横，清溪如带。

我突然觉得做一只慢悠悠的蜗牛，真好，那个菜地培土的男人是一只蜗牛，那个穿粉红色衣服的女人是一只蜗牛，那个在老井提水的老人是一只蜗牛，这个早晨的我也是一只蜗牛。我们像蜗牛一样慢慢享受清晨的露珠和阳光，是多么多么幸运的事情。

青草蚂蚱

　　层次分明的阳光照在一片玉米地里，阳光是最好的美容师，只要阳光一出场，荒芜的大地好看多了，给玉米丛涂上一层淡淡的金黄，给山坡抹上一层暖暖的明黄。黄色遮蔽了季节的潦草和凋零，覆盖了一些生活的吵闹和无奈。

　　蚂蚱喜欢这大地的颜色，在玉米地里蹦跳，一会儿停在玉米叶子上，一会儿歇在玉米秆上。猫在院坝的石墙上伸了伸懒腰，迈着方步走进玉米地。猫很有耐心，它倚着一株玉米秆蹲下来，静静地观看蚂蚱们的蹦跳表演。越是纷繁复杂的局面，越要保持心静，猫深知这一处世法则。它蹲在玉米地里，放慢呼吸。有微风贴地吹来，它也尽量贴紧地面一动不动。停在玉米秆上的蚂蚱没有察觉到任何危险，它高昂着头，摆动着头上敏感的触角，交替伸展着带倒刺的大腿，嘴里像是在念念有词："谁敢动我，看我的大刀。"阳光照在它两只鼓眼睛上，它张了一下彩色的翅膀，又赶紧收拢回来。一张一合，阳光闪烁。猫眯着眼睛，一动不动，风摇晃着玉米叶子沙沙响，阳光随之摇曳。突然，猫弓起身子，盯着蚂蚱，以风一样的速度起跑，像离弦之箭猛扑，一下子把蚂蚱扑咬在地上，蚂蚱用带倒刺的后腿狂蹬，猫狂甩脑袋，用前爪死死按着，再一口咬住蚂蚱，津津有味地吃起来。吃完，猫舔了舔嘴唇，大摇大摆走在玉米地的小路上，阳光跟随在它的身后。一只蚂蚱在淡黄的阳光下消失了。

有时候，院子里的鸡偷偷跑进玉米地，在地里追逐飞舞的蝴蝶，在阳光里啄食青草，鸡没有猫那么多的耐心，看见玉米地里蹦跳的蚂蚱，就用尖嘴猛地去啄，啄了满嘴的黄土，蚂蚱却一蹦就逃离了。几番下来，鸡看出了蚂蚱蹦跳的门道，开始悠闲地在玉米地里踱着步，有一嘴没一嘴地啄食青草。等蚂蚱放松警惕，停在玉米叶子上享受暖暖的阳光时，鸡会以迅雷不及掩耳之势，伸长脖子，飞奔过去，一尖嘴叼起蚂蚱，还没等蚂蚱反应过来，就已经被开肠破肚了。要是公鸡啄食到一只蚂蚱，会高调地"喔喔喔"唤来一群母鸡享用。要是一只孵小鸡的母鸡啄食到一只蚂蚱，母鸡会温柔地"咕咕咕"唤来一群小鸡分享。我坐在院坝的石坎上，正好可以俯视这片玉米地。阳光静静洒下来，热闹的蚂蚱和悠闲的鸡群，在玉米地里追逐和消亡，一切自然而然。

蚂蚱也有安静的时候，当它们停在叶片上交合，彼此的配合是那么天衣无缝，雄蚂蚱飞到雌蚂蚱背上，彼此用嘴唇交流，用带着倒刺的后腿抚摸，这时候的倒刺，变成了温柔的工具。雄蚂蚱用前爪抓住雌蚂蚱的背，摸索着彼此尾部相连，静静享受阳光。它们太专注，哪怕是风吹来、雨落下，它们都不管不顾，不慌不惊，还是那样，静静地庄严地做着一切。我很好奇，顺手扯起细细的一根草挑逗它们，它们最多用前爪拨弄开，很快进入到先前的专注状态。我觉得很有趣，继续用草尖逗它们，它们急了，持续摇摆着前爪，示意不要捣乱。实在觉得烦了，雌蚂蚱张开翅膀，带上雄蚂蚱飞上另一叶片。它们飞着的时候，仍保持着那种甜蜜的造型，完全信赖，完全依靠，仿佛彼此是自己身体的一部分。

每一个乡村少年都无一例外地抓过蚂蚱。油菜花开，大地五颜六色，阳光热烈而充足。我们漫山遍野地跑啊跑啊，好像力气用不完。在草地里抓蚂蚱是一个技术活儿，蚂蚱一遇人来，脚步还没有到，就已经蹦跳好远了。狗娃子有办法，他说，对这些小家伙来说，人的味道最强烈了，它们嗅到人的味道就蹦跑了，得把手用青草涂过。于是，我们扯来青草，把手都涂成青草的颜色，浓浓的青草味道掩盖了人的气息。然后，蹲在草丛里，瞅见停在草丛的蚂蚱，悄悄伸出青草色的手，猛的一下手蚂蚱就在手掌下了。抓来的蚂蚱用透明的塑料小盒子装起来，贴在耳边听它们在盒子里蹦跳，看它们在盒子里吐草汁，一会儿，透明塑料盒子变成了星星点点的草色。再无聊的时候，我们把抓来的蚂蚱，每只尾巴上都插上细细的一根草，看它们拖着草尾巴在草丛里蹦跳飞舞。也有时候，我们在田野生起一堆柴火，把抓来的蚂蚱戳在细枝上，伸在火堆上烤，烤成焦黄，然后放进嘴里脆脆地吃了。那味道，像是阳光烤出的漫山遍野的青草味道。

这么多年过去了，一到油菜花黄的时候，我都会到田野去走走，遇到一两只田野里蹦跳的蚂蚱，我才觉得这大地还活着，还活得好好的。

出巢蜂群

　　这个季节是大地最美好的时节，山间沟谷，腾起或红或紫或白的雾，微风中荡起层层花的波浪。随风而来的，是花的香气，绵绵不绝。一丝甜味，一丝呛人；一股溪水的味道，一缕泥土的气息；一点绿意，一叶露水。熬不过这香气，人们纷纷从拥挤的房子里走出来了，在山腰看花，在沟谷采野菜。

　　花开了，蜜蜂也忙起来。花和蜜蜂是最好的恋人，蜜蜂飞向一朵花，其实是在完成一次美好的"性事"。花蕊是一朵花的生殖器，不但形体美妙，而且分泌出浓浓的香味。蜜蜂一头钻进花蕊，"嗡嗡嗡"叫嚷着到了高潮。蜜蜂的身体在花蕊里蠕动，花朵在微风中颤抖，一朵又一朵，多么幸福的样子。

　　养蜂人把蜂箱运入山腰小路上，选择宽敞的山地摆放好，让蜜蜂飞出觅食。这是一份浪漫的职业，有钱赚，又享受了最美好的时节。养蜂人应该是一个诗人，每天看花开，不写诗都可惜了。看蜜蜂一只只钻进金黄的油菜花里，再看蜜蜂一只只飞舞在雪白的梨花里，难道这不是一首诗吗？春风摇动花的腰肢，蜜蜂"欶"一下滑出花蕊，又"欶"一声钻进另一簇花蕊。我走进养蜂人的帐篷，木桌上一张草纸上记着：三月十八日，回水湾的梨花开满枝，花白得晃眼，花香得呛人。三月二十五日，蔡家坝油菜花还是花骨朵儿，一夜风后就开圆了。四月三日，先是小雨，后出了太阳，阳光带雨，蜜蜂也喜欢这清新气息。我对养蜂人一笑，这是多么美妙的一首首诗啊。养蜂人说，莫事，记到耍的。我说，这有意思，如果不养蜂了，看到就会激动。

我说，哪里花开就到哪里，多美啊。

养蜂人嘿嘿一笑，说，美嘛，看各人咋个想了，睡在帐篷里，看得见天上的星星，闻得到满山野气息，也美。冷风冷雨，睡不安稳，也不美。

我说，还是美多一些嘛。

养蜂人说，久了，不美也美了。

养蜂人的帐篷里，折叠床铺得整整齐齐，灶具洗刷得干净，木椅子倚在门边，可以仰起看门外的花和忙碌的蜜蜂。木桌子上还摆着从田野里扯来的小野蒜，野蒜的味道热烈香浓。我拿起一株，凑到鼻尖，好熟悉的味道，乡野的泥味，乡野的草味。这是多么有情趣的养蜂人。花看腻了，就采野菜，想着那凉拌的野菜味道，好生幸福。

我隔三差五就要去养蜂人那里，看花看蜜蜂。隔几天，山野的野杏子花开了，满山满坡的杏子花，远远望去，似点点胭脂，又似团团锦云。走进一看，阳光下的杏子花，粉嫩如初生，小家碧玉般楚楚动人，一群蜜蜂在花丛里翻飞采蜜。一下子记起了宋代杨万里的诗："道白非真白，言红不若红，请君红白外，别眼看天工。"隔几日，再去山野，满山满野的山桃花开了，桃花比杏子花热烈，或粉或红，异常绚丽，从桃树下走过，听得见花蕊和花瓣哧哧开放的声音，满树的蜜蜂嗡鸣，还有点点桃花瓣飘下来。再隔几日，满山坡的油桐花开了，大朵大朵的，一簇簇挂在枝头，伴着春风舞动，或浅浅的绯红，或淡淡的鹅黄，都是恰到好处的红，恰到好处的黄。花开了，蜜蜂们在淡淡的清香里飞舞忙碌。

放置在山野里的蜂房，依山傍水，一字排开，野花野草就在蜂房周围自然开放。蜂房用木板做成，用牛粪糊了缝子，还给蜜蜂留了一个个小指头大小的洞口，成群成群的蜜蜂就从这个洞口飞出飞进。一天，阳光猛烈，我和养蜂人坐在树荫下乘凉，喝老鹰茶。红酽酽的老鹰茶才喝了几口，养蜂人说，要分蜂了。只见蜂群一团团出来，先是嗡嗡的低鸣声，突然蜂鸣加大再加大，像在耳畔轰炸开了一样。我问养蜂人，这是怎么了？养蜂人笑了笑，平静地说，分蜂了。密密麻麻的蜂群在头顶盘旋，打着旋儿。养蜂人不急，眯着眼睛观察着蜂群，手里不停地捏着细土，捏了再捏，有细土从指缝间流出来，看着蜂群有飞远的迹象，赶紧用捏细的泥土向蜂群带路的"向导"撒去，以扰乱蜂群的方向，沾上细土的蜂群一会儿就飞累了，簇拥在队伍中间的蜂王就会选择在附近的树上歇息。果然，蜂群向一棵麻柳树飞去，蜂王在树丫上停下来，蜂群便立马簇拥抱团保护着。先是一小团，一会儿便聚集成了足球大的球体，密密麻麻蠕动、低鸣。微风中，那个球体一晃一晃的。

养蜂人端起老鹰茶一饮而尽，说，可以收蜂了。戴上网罩，在蜂斗里涂上一些蜂蜜，再用长竹竿挑着蜂斗，慢慢伸到麻柳树丫的蜂团上。然后，养蜂人念念有词："蜂王，进斗哦进斗，白雨来了哦，白雨来了——哦。"几个回合，蜂王像是听懂了养蜂人的咒语，起身进到蜂斗，爬到蜂斗的最顶头，见蜂王进斗了，蜜蜂也飞进蜂斗，把蜂王围得严严实实的。蜂王至高无上，所有的蜜蜂都听从它的指挥。等蜂群进了蜂斗，养蜂人轻轻收回竹竿，把竹竿上的蜂斗取了提在手上，再把蜂斗仰放在事先准备好的空蜂房里，堵上进出的蜂门。等待蜂王和蜂群在新房子安顿好了，取出蜂斗，分蜂就算成功了，一窝新的蜂群产生了。

我说，这一巢蜂能分出几巢来呢？

养蜂人说，说不准吧，也许是两巢，也许是三巢。

出巢蜂群是为了重建一个新家。

蜂群有时也遭遇外敌入侵，一只马蜂混进了蜂群，在蜂门外逗留徘徊，采蜜回来的蜜蜂发现了，出门采蜜的蜜蜂也发现了，一只蜜蜂试探着问，谁呢？马蜂扇了扇翅膀，没有理会。陆续围上来的蜜蜂追问，谁呢？马蜂见这架势，想要飞走，可惜迟了，围上来的蜜蜂和马蜂打了起来，用嘴咬，用刺蜇，马蜂受伤从蜂门边掉在地上，仰倒在地上垂死挣扎。几只蜜蜂也累惨了，在地上慢慢爬行。

木桌上，养蜂人在一张纸上记着：芒种这天，三号蜂巢分蜂了，接下来的几天，陆续有巢要分蜂，得准备新的蜂巢。

阳光里，西边有乌云在跑，也许真有一场白雨正在天边酝酿而来。

画家也喜欢蜜蜂。齐白石老人画过一幅《玉兰蜜蜂》，他画的玉兰花，花瓣极厚，用秃笔把玉兰花的厚重质感生动画了出来，玉兰花的花萼上有细细的绒毛，齐白石老人也细致地表达出来。两只飞舞的小蜜蜂，一看就让人想起玉兰花的花香。蜜蜂头、脚、身子画得一清二楚，透明的翅膀，则用浑圆的一片淡墨表达出来，仿佛两只蜜蜂在玉兰花间盘旋振翅在飞。他还画了一幅《丝瓜蜜蜂》，浓淡间施的墨和色，将瓜藤的茂盛勾画出来，瓜叶片片独立，藤蔓根根劲挺，最有趣的是整个画的右下方飞出一只小蜜蜂，小小的蜜蜂，给整个画面增添了无限生机和活力。齐白石老人用蜜蜂表达了心中那一点童趣。其实，童趣是每个人心中最珍贵的图画。

　　出巢蜂群是乡村最美的一幅画。

每一朵花都是一个奇迹（代后记）

  每一种植物都是我们的朋友。我的生活中，常常被各种植物包围着、滋润着，它们天然的品质，质朴的性情，纯净的气息，以及调皮的天性，让我生出无限惊奇、敬畏。它们虽然不言、不议、不争，但冥冥之中想必与我有着各种微妙的联系。一次，儿子右眼角莫名其妙生了一小片密密麻麻的小颗粒，奇痒难忍，到医院检查说是皮肤癣，开了擦拭的药水，但擦拭了几周都不见效，反而还有扩张的趋势，于是我四处寻访良医，见一老中医，他淡淡地说："没啥大不了，去摘些锯锯藤的叶子捣烂敷在患处，几日就好了。"心急之时，我只好一试，没曾想用捣烂的锯锯藤叶子一敷，儿子立马就不痒了，小颗粒也渐渐褪去，没几日就完全好了。儿子高兴地说："想不到，这锯锯藤竟有这么大的功力。"我感激地点点头，心里对这小小的锯锯藤充满了敬畏，再去网上一查，锯锯藤有清热解毒，活血通络，利尿止血，治跌打损伤、疖肿、疔毒的功效。我心里就想，这世间万物都有它的好。

  我曾在一篇文章中写过这样的句子：自然界要是没有植物，没有植物的包围，没有植物的覆盖，没有植物的占领，我不知道这自然界会是怎样一个局面。我们诅咒过大自然的流动、倾斜、淘洗、崩塌，甚至地震，但就是这

192

些让我们感伤的事件，成就了一件又一件绝妙的植物化石，储藏了一处又一处丰富的煤炭，孕育了一条又一条奔腾咆哮的河流。大自然在这种轮回中，绝不混淆秩序，绝不颠倒黑白，它保持了高度的有序，遵守着颠扑不破的规律。大自然中有花的地方就有草，就有与花草协调相生的小生灵。就是那些小生灵让大自然魅力无穷，蝴蝶在花草中飞舞，蛇在花草中穿行，蚂蚁在花草中赶场，麻雀在花草间飞起落下……大自然用智慧让大地生动活泼起来，让我们赏心悦目。

　　每一朵花都是一个奇迹。下乡看见路边田间盛开的一朵朵野棉花、蒲公英、野百合花、臭牡丹、刺梨花、葛藤花、山菊花，甚至一些不起眼的鹅儿肠花、小蓬草、过路黄、灰灰菜、夏枯草等等，我都把它们照了下来。几年下来，我翻开这些照片文件夹，上千张照片，一张张欣赏过来，心里一阵阵感动，这花开得灿烂。有些花甚至不知道名字，就上网搜搜，一搜才知道这花的名字，也才知道这花还有不少传奇。比如，灰灰菜的传奇故事，说是一户人家的独生女儿，心灵手巧，已到二八年纪，还没物色到合适的人家。女儿得了一种怪病，人越来越消瘦，多位医生诊治，竟讲不出个所以然来，愁坏了母亲，急得整夜无法安眠。一天夜里，母亲来到女儿的窗前，竟然听到屋里女儿与一男人的说笑声。第二天，母亲追问女儿，女儿含泪说："一个多月前，从花园散步回来，睡觉的时候，不知何时屋里就来了个年轻人，从此天天夜里都来，天不亮就走，也不知他是哪里人，更不知他是怎么来的。"母亲找出一个线蛋，穿上一根针，递给女儿："晚上，如果年轻人再来，趁机把针扎在他的衣服上。"晚上，年轻人果然又来了。按照娘的吩咐，女儿把针扎在了年轻人的衣服上。天一亮，母亲顺着线的方向寻找，这一找竟找到花园旁边的一棵灰灰菜，只见那棵大灰灰菜叶上插着一根针，母亲一怒之下，把那棵灰灰菜砍了……这么玄妙的故事，我还是第一次知道。于是，我把照片集里的花朵整理出来，用文字书写每一朵花的传奇。

有人对我说："那么爱花？"我笑答："是更爱花间事。"

每一种植物的好，每一朵花的传奇，成就了我的奇迹。我要感谢每一种植物和每一朵花，我更要感谢生活在这么丰富多彩的自然界。